更好的阅读

诗经点醒

流沙河 著

四川文艺出版社

图书在版编目（CIP）数据

诗经点醒 / 流沙河著. — 成都 : 四川文艺出版社,
2018.5
ISBN 978-7-5411-5054-8

Ⅰ. ①诗… Ⅱ. ①流… Ⅲ. ①《诗经》—诗歌研究
Ⅳ. ①I207.222

中国版本图书馆CIP数据核字（2018）第052433号

SHIJING DIANXING
诗经点醒
流沙河 著

策划出品　文治图书
责任编辑　燕啸波　奉学勤
装帧设计　今亮后声

出版发行　四川文艺出版社（成都市槐树街 2 号）
网　　址　www.scwys.com
电　　话　028-86259287（发行部）　028-86259303（编辑部）
传　　真　028-86259306

邮购地址　成都市槐树街 2 号四川文艺出版社邮购部　610031
排　　版　四川最近文化传播有限公司
印　　刷　三河市文通印刷包装有限公司
成品尺寸　166mm×235mm　1/16
印　　张　11　　　　　　　　　　字　　数　110 千
版　　次　2018 年 5 月第一版　　　印　　次　2018 年 5 月第一次印刷
书　　号　ISBN 978-7-5411-5054-8
定　　价　38.00 元

出版前言

“诗经点醒”本是流沙河先生在“腾讯大家文化讲堂”上讲解《诗经》的视频，十讲，文字陆续整理出来，正好成了一本书。

很多人好奇，一位八十好几不会讲普通话的老人为什么还肯拍视频，讲解《诗经》？

“诗经点醒”缘起是2014年底邀请著名知日作家李长声先生到成都做文化讲座，要找对谈的人，提到了流沙河先生，经冉云飞先生引荐，认识了流沙河先生，并促成了沙河先生出席有李长声、樊建川两位先生共同参与的对谈。流沙河先生演讲慢条斯理、逻辑缜密、材料丰富、语言优美，时而还有些小幽默——老人家的智慧。

时下，国学热，但滥竽充数者不少。众所周知，流沙河先生对古代典籍、文字音韵都有很深厚的研究，请这样的老人家来讲讲传统文化的基础知识，既能使听众得到真正的文化营养，又能以正视听，当是非常有意义的事。请冉先生帮忙拟定提纲，多次沟通，考虑到流沙河先生的年龄和身体，最终敲定讲《诗经》。为何叫“诗经点醒”，流沙河先生说：“所谓‘点醒’，就是一首诗究竟是怎么一回事，把它打明叫响，究竟这首诗说的啥，叫‘点醒’。”

简单的讲座会容易些，但“诗经点醒”讲座进行的同时在拍摄。流沙河先生嗓子一直不好，靠黄氏响声丸才能发声，眼睛也惧光，曾建议老先生讲座时戴墨镜，但老先生拒绝了——那不合适。所以拍摄团队墨羽文化的灯光设计了很多次，言几又书店在场地上也给予了大力支持。在这样的情况下，一年多的时间，流沙河先生讲了十期的“诗经点醒”，每讲一两个小时不等，从《周南·关雎》到《召南·小星》，一共13首诗歌。

听流沙河讲《诗经》，有一种迷人的仪式感。他不用PPT，而是用黑板——在开讲之前，他用粉笔把当天要讲的诗工整地抄在黑板上，一笔一画，苍劲有力，而台阶上的听众都静静地坐在那儿，就像小时候坐在教室里一样，等候着，等着老先生写好，拿起竹鞭，开始讲解。在人人手持智能手机的时代，能如此安静地坐在这里听老先生一句一句讲解，大概也是一种幸运。

流沙河先生不会普通话，讲“诗经点醒”都是成都话，听他用成都话朗诵《诗经》是别有一番韵味的。流沙河先生讲话语速慢、语音标准，所讲内容基本都能让读者听懂。感谢科技的发展，使我们有机会将这些都记录成影像和文字，让更多的人能够分享。这个过程中，赵琼整理出每一讲的文字并编辑，并由冉云飞先生校对。这样，每期的讲座剪辑制作成视频，在腾讯平台播放，文字也由“腾讯·大家”首发。

“这些好东西都决不会消失，因为一切好东西都永远存在，它们只是像冰一样凝结，而有一天会像花一样重开。”在一次讲座的最后，流沙河先生朗诵了戴望舒的《偶成》，他说有一种东西名叫文化，这种东西是任何力量都不能够摧毁的，所以诗最终还是流传下来了，让我们有幸可以读到这些美妙的文字。也因此，我们能跟随流沙河先生领略这样的美妙。

腾讯·大家编辑部

目 录

周南·关雎

周南·关雎

关关雎鸠，在河之洲。窈窕淑女，君子好逑。

参差荇菜，左右流之。窈窕淑女，寤寐求之。

求之不得，寤寐思服。悠哉悠哉，辗转反侧。

参差荇菜，左右采之。窈窕淑女，琴瑟友之。

参差荇菜，左右芼之。窈窕淑女，钟鼓乐之。

谢谢各位朋友今天来给我捧场，也要谢谢各位工作人员，因为把这个录下来还要花费很多气力。比较起来，倒是我的角色比较轻松，因为我是来摆龙门阵的，我今天要给大家讲的是《诗经》，《诗经》三百〇五首的第一首。

《诗经》是怎么一回事呢？先不叫《诗经》，最初只叫《诗》，孔夫子提到这个《诗》的时候称它为“三百篇”，实际上是三百〇五首。这些诗，是中国历史上最早流传下来的诗歌。《诗经》三百〇五首里面，最早的，可以早到周朝以前商朝的末年；最晚的，可以晚到西周周平王的时代。周平王东迁以后，西周灭亡了的时候，其间的时间跨度至少有六百年，六百年间的这些诗歌，当时就叫“诗”。在这以前，三百〇五篇的《诗经》以前，没有“诗”，“诗”这个字都专门是为《诗经》造的。

什么时候又叫“经”呢？那时已经很晚了，经历了春秋、战国、秦。秦亡了，汉代初年，一些读书人，把先秦时期遗留下来的诗歌重新又分为了几家，来加以解释。由于汉代从汉武帝起就把“诗”称为“经”，“经者，常也”。你们看那个织布机，上面的那个线，直起的就是“经线”，横起梭子穿过去穿过来的叫“纬线”。所谓“经”，就是我们所说的以什么为纲、纲领的意思，就是说一个社会文化，需要有纲领性的东西，就叫“经”，所以汉代就把它叫作《诗经》。

而这个“诗”字，最初造出来使用的时候，并没有预先下一个很准确的定义：什么叫诗？这个定义也不可能准确，因为随着时代的不同，诗的领域扩张以后，涉及我们社会生活各个方面，它的内涵越来越充实多样，所以事先不可能下一个定义“什么叫诗”。但是也要解释一下，就根据诗这个字的字形，它的右上部我们现在写成“土”的那个字实际上不是“土”字，是“之”，“之乎者也”的“之”，“之”是动词，由此到彼就叫“之”。那么根据“之”这个意思解释，“诗者，志之所之也”，就是你胸中的某种志、愿望，相当于英语的“will，w-i-l-l”，把它拿来语言化，让它表达出来，从内到外，就叫“之”。就是这样动过去，移动过去了，所以说“诗者，志之所之也”，意思翻译出来，就是说一个人的愿望表达出来就叫“诗”。所以说这个定义是很空泛的，因为很多东西哪怕不是诗，只要拿语言表现出来，就都叫“志之所之”，所以这个诗，不可能有一个准确的概念。

那么这些诗是怎样来的呢？

这些诗是周朝初年，就是周武王、成王那个时代，王宫里面专门派官员出去到民间，到全国各地搜罗流行歌曲，拿到王宫里边来，有专门的人士来诵读，来吟诵，来唱。那么当初欣赏这些诗，基本上是把它当成流行歌曲来欣赏的，王宫之中那个时候没有电影，没有电视，更没有手机。夜晚，国王跟贵族他们也需要娱乐，就由专业人士出来给他们唱。这个本来是一种娱乐，但是写到儒家的典籍里面，就不好这样写——说是这个国王想观民风，就说是想了解下面的老百姓的生活状况，所以才来听这个，这就是儒家美化了的说法。实际上，就像我们这样，欣赏音乐的时候，并不是要去了解底下究竟发生了什么事。儒家这样说，是把它理想化、道德化了。所以这样就专门有了一种制度，叫“采诗”。采诗的这些官，到下面每个诸侯国去了，找他们那里音乐界的乐师，把一些本本拿到问——你们这儿流行一些什么歌曲？然后再去组织起人来唱，再来记录。这个就形成了一种制度，这个制度确实在客观上有助于下情上达，但也是一种娱乐。

那么到春秋时期，孔夫子个人对诗歌有特殊热爱。他有时候随便说两句话，后来觉得都是诗，他走到一条河的上面，看到波涛滚滚向东方流去，他说“逝者如斯夫，不舍昼夜”：那些离开我们而远去的东西，每一秒钟都在离开我们，永远都不回来了，不断地流，就像这江水一样。这不是诗是什么？所以他这个人，本身有对诗的热爱。搜集到他手里的有三千多首，可能这个不是他亲自去搜集的，因为原来周天子底下采诗之官有记录，而后来进入春秋时代，王纲解纽了，中央政权的绝对权威已经失去，这些东西就容易散失。孔夫子一方面是热爱这些诗，另一方面他有种文化担当，他觉得这些历史上曾经存在过的东西，有人情、有社会现状、有喜怒哀乐的东西千万不要让它丧失了，要把它们记下来，所以他大概就是从当时有记录的诗中间找到了三千多首，然后一并归纳整理。

要知道，其中很多诗都有民歌性质，它们彼此容易重复，这个诸侯国有这一首，那个也有，两个只是字面上略有出入。那么中间重复的就多，后来孔夫子归纳整理后，只剩下三百〇五首。这三百〇五首，孔夫子把它拿来当教科书，因为他办了个大学，要学诗。当时学诗除了学习书法、陶冶性情以外，还要了解人情、世态、社会变迁，所以不是纯粹地为艺术而艺术，是有一种社会文化的关怀在里面，这就是孔夫子为什么要花那么多心思去整理这一部《诗经》。这部《诗经》整理出来，哪怕只是这一件事情，都足以叫孔夫子不朽，因为这一部《诗经》有人类的意义。

在古代，希腊罗马时代、埃及古文化时代，也有诗，是另一种形态。

这是由于不同的民族，不同的文化性格，不同的地理环境，不同的社会衍变形成的，和我们的诗迥然不同。古希腊、罗马，所留下的几乎都是神话，荷马唱的那些史诗，就是曲艺艺人演唱的长篇故事——战争、英雄。

希腊罗马神话就是天上的神，如果拿来和《诗经》一比，你会非常惊异，怎么差异会这么大？《诗经》几乎没有神的位置，也没有英雄的位置，全是普通人。“十三国风”“二南”里面尽是民歌，乡村里的民歌，小雅大雅尽是当时知识分子的抗议，特别是小雅中间，很多知识分子对这个社会状况感到愤愤不平，在诗中间有很多倾诉。这些是希腊、罗马、古印度跟埃及它们最早的诗歌没有的。

这件事情我不知道该怎样解释，或许是这样：古代希腊罗马是城邦社会，里面是自由民，是贵族，生活富裕，需要娱乐，听神话，听英雄美人故事。埃及、印度也是神，埃及更多的是鬼，印度更多的是天上的神打仗。这些中国没有。所以，虽然都是河，但从源头就不同——中国的诗歌诞生了以后，领导整个文学，它就是中国最早最早的文学，就这个诗歌，面向社会，面向人生，倾诉苦难，倾吐愿望。“劳者歌其事，饥者歌其食”，都是有所为的，没有一首是为艺术而艺术的。这也许和我们黄河流域生态环境恶化、生存艰难有关，上面是苍天，下面是黄土，人在这个中间苦苦奋斗，所以它的精神产品都是现实的、人生的、社会的。

一直到秦始皇统一天下，焚书，烧的第一本书是什么书？《史记》上说的是“《诗》《书》及百家语”，《诗》就是这三百〇五篇的《诗经》，书就是《尚书》，除了这个就是其他诸子百家。《诗》是第一个，在暴君秦始皇眼里，《诗》是首恶，为什么？因为《诗》中间充满了个人的倾诉。一切暴君，从秦始皇起，强调的是集体主义，什么个人主义、自由主义，你少来。只有《诗》中间有强烈的个人主义跟自由主义，个人主义就是关于他自己的遭遇，自由主义是他要倾诉的，心头想啥子他就要说出来。所以，以一个暴君的敏感，知道《诗》对于这个独裁社会是一种腐蚀剂，第一个要烧的就是它。

但是要晓得，早在秦始皇以前，春秋战国时代，《诗经》那个时候不叫经，就是诗的这个教育，所有的贵族子弟都要读，你把书烧完了，他会背的，他还要教给他的下一代。所以，秦朝一亡，这些藏到夹墙里边的《诗经》就找出来了，一部一部的，还有一些老先生，九十几岁了，耳朵聋了，眼睛瞎了，却还能背诵，还能唱，所以在汉代就把这些记录下来了。所以秦始皇焚书不起作用，只有少部分属于百家语，就是诸子百家的，原来并不是有很多读者，经过秦火之后，就从此消失了，而《诗经》留下来了。

这件事情想起来我们心头会非常之激动，你就知道有一种东西名叫文化，这种东西不是任何力量能够摧毁的，就像戴望舒的诗写的：“一切美丽的东西永远不会消失，它们像冰一样的凝结，而有一天会像花一样的开放。”《诗经》就是这样，灭绝不了，所以今天我们还能够坐到这里来闲谈《诗经》，我告诉各位这实在是一种幸福。我和大家摆龙门阵，摆这个就可以分享。

现在我们就回到《诗经》三百〇五首，当初孔夫子在编的时候一定反复想过“我把哪一首放在开头”，他想来想去最后把这首放到开头，《诗经》翻开的第一首。中间有没有什么道理？不是随便放的，有道理，因为一个社会是以家庭为单位，而家庭的构成建筑在爱情基础上。孔夫子就是这样看的！因为这首诗就是写恋爱的，他把它放在第一首。

老实说，如果按照我们今天的标准，这样编的书要不得，哪有第一篇就放谈恋爱的，是不是啊？

所以孔夫子是有见识的人，他把它摆到这儿，而且通过这首诗，你了解了孔夫子的人——完全不是汉代以后、宋代以后描绘出来的那个孔夫子，这个是真实的孔夫子，他的见解、趣味，把它摆到第一，他就是觉得男女应该通过恋爱建立家庭，家庭应该和睦、快乐。

你看，这说来是一种非常平常的观念，但是我告诉你，平凡的东西往往是最真实的。吹得天花乱坠、说得稀奇古怪的各种学说只能猖獗一时，远不及回归到平常，你总还得要恋爱结婚，这个才真实。接下来我就开始讲这首诗。

《周南》，啥子叫“周南”？周南是一个地理概念。早在商朝末年，周文王的父亲季历，他是太王的儿子。太王生了三个儿，季历是老幺，所以取名叫“季”，伯仲叔季那个“季”，历史的“历”——季历。他们姓“姬”，所以也可以叫他“姬历”，“历”才是他的名字。还在季历那一代，周国作为一个诸侯国，势力向东南方向大大扩张，原来它是在岐山，陕南。大家去陕南旅游的那个法门寺，再往北一点就是岐山了，那里是他们最早的根据地。它的势力顺着两条河流向东南方扩张：一条是汉水，汉水走陕南向东流，最后流到湖北的汉口进入长江，这条叫汉水，汉水流域。还有一条叫西汉水，就是再往西点，也是从甘肃发源经过陕南，进入川北叫嘉陵江，古代叫西汉水。沿着这两条汉江，周国的势力就进入湖北北部和四川北部。

在季历去世以后，他的儿子姬昌，后来叫周文王。周文王继续壮大他的诸侯国，势力非常大，整个长江中游、四川北部、陕南、河南南部，一大片都是他的了，孟子说他当时已经三分天下有其二。所以在商朝末年，商朝的国王不得已把他升了级，封他为伯，西伯，伯仲叔季的“伯”。“伯”的古音读“霸”，所以春秋五霸又叫“五伯”，我们现在读的那个音“伯”“霸”是有差异了，古音就一个，那么就是承认了姬昌的地位。

接着文王死了以后，武王伐纣把商朝灭了，所以说周这个国早在商朝就存在了，在文王的父亲那个时候，汉水流域和嘉陵江流域就已经都是他们的了，那么当时武王把首都定到镐京，“镐”一个金旁一个高，高矮的高，那个是首都，周武王就住在镐。

这两条汉江：流入汉口这条汉水流域周武王交给周公去管，周公是周武王的弟弟；然后把陕南跟川北交给召公去管，召公也是周武王的弟弟。周公管了汉江流域，直到湖北流入长江，这一片地理区域在古代很多个小国统称为南国，周公管的就叫周南。西汉水这边，从陕南的西汉水流入四川嘉陵江，归召公管，叫召南。所以《诗经》里面一开始就是《周南》《召南》，这两个部分就是描写的周公、召公各管的那一片的诗歌。

这首诗是《周南》，这样就把地理位置确定了，就是汉水流域。今天翻开地图可以看到，就是陕西南部向东流入湖北，在汉口那儿进入长江。了解一首诗，一定要先了解它在什么地方，因为中国那么大，气候不同，环境不同，种植的东西不同，连鸟类都不同。有些鸟类我们这里有，北方就不见得有，是不是？所以一定要了解了这个才知道。这首诗总共四段。

第一段“关关雎鸠”，“关关”是那个鸟叫的声音，就呱呱呱，吵闹地叫，就是呱呱呱地叫。我们要注意到这种鸟是呱呱呱地叫的，声音很大的叫“雎鸠”。很多种鸟都叫“鸠”，最小的就是我们看见的斑鸠，最大的鸠可能就是这个雎鸠了。雎鸠是什么样的鸟？从汉代起就很糊涂，后来还有那么多历代文人讲诗加注解，都糊里糊涂的。过去研究这些的人对植物学、动物学陌生，好多外行，因为很多老夫子都是在书斋里过了一生，除了看见鸡鸭鹅，还有谷麻雀、老鸦，没有看见过其他的鸟。那么“雎鸠”究竟指的是什么？这个就极有争论了，因为雎鸠究竟是个什么，对于理解这首诗的内涵极有关系。

历来的说法，叫鱼鹰，抓那个鱼的有一种鹰叫鱼鹰。鱼鹰，长江流域的人说的鱼鹰，跟我们川西坝子的人说的鱼鹰各有所指，古人不了解，弄混了。

长江流域的人说的那种鱼鹰，名字叫“鹗”，鹗是类似鹰跟雕这一类的，也抓鱼。鹗是怎样抓呢？鹗，第一是单独行动，不成群的，就跟老鹰一样，很多猛禽猛兽都是不合群的，独来独往。鹗也是，嘴巴有个钩，肚子底下白的，背上那边是棕色的，头上有一杠白一直拖到颈项上，很大。

鹗捕鱼，是在水面上飞，滑翔，贴着水飞，看见鱼了，一下子就把它抓起来。它不沉入水中，因为有时候，鱼要到江面上来，一下它就抓到了，这个叫“鹗”。鹗叫的声音类似老鹰叫，“咯儿咯儿，咯儿咯儿”地叫，就是老鹰飞那个声音“咯儿”，又大又清亮。虽然是猛禽，声音还是挺好听的，咯儿啊咯儿的，不是呱呱呱地叫，所以弄清楚就晓得了。这个鹗也叫鱼鹰，但这里就不是这个鱼鹰，因为叫的声音是呱呱呱的，这个呱呱呱还有一群在那儿叫。

我们川西坝子说的鱼鹰叫鱼老鸦，就是中国古代蜀国的鱼凫。因为这一个鱼老鸦样子有点像鸭子，鸭子就叫凫，所以就叫鱼凫，专门抓鱼的。而且很可能就是古代蜀国——中国较早的一个部落，把这个鱼老鸦家养起来捕鱼的。这个鱼老鸦捕鱼很好看哦——有时候是几个渔民联合把船弄起，几十只围在那个江的中间，一起放下去，那些鱼老鸦一扑下水的时候，全部呱呱呱地叫，所以就叫鱼老鸦呢。它叫的声音“呱呱呱”，就是“关关关”，理解这点是很重要的。

了解这个诗的地理环境，绝不是华北，也不是长江下游，它们那里没有。只有两条汉水流域，汉江和西汉水有这个家养的鱼鹰——鱼老鸦。于是就明白了，这里是在围捕鱼类，放很多鱼老鸦，一扑下河，这个是它们的战术，是天生的，它们一起叫，呱呱呱地，而且用两个翅膀扑水，故意把水打得很浑，呱呱呱、呱呱呱地叫。对了，我们就晓得了，这首诗描写的场景所发生的地方，离下游不远，正在捕鱼，而且是在围捕，很多鱼老鸦呱呱呱地叫，远远就听到了。

在哪里叫呢？那条河中间的小岛上面。“河中可居者谓之洲”，可以是一片沙滩，上面长点芦苇，也可以是一个小岛，反正在河的中间。对了，这一些不是野鸟，也不是哪个鸟单独活动叫的声音，不是咯儿咯儿地叫的那个鹗。这种鸟在动物学上叫鸬鹚，就是我们喊的鱼老鸦。鸬鹚，为什么叫“鸬”？颜色深黑就叫鸬，这种鱼老鸦就是黑不溜秋的。北方人没有见过，直到唐代杜甫，都还不认识这个。杜甫在三峡里边写了一首诗，写三峡里面家家户户的生活，叫“家家养乌鬼，顿顿食黄鱼”，那一种鸟，杜甫写的名叫“乌鬼”，这可能是当地的方言。三峡里面，杜甫也不认识，看到了觉得很稀奇，觉得家家户户都养了这个乌鬼，都有鱼吃，“顿顿食黄鱼”，这个是捕鱼的。杜甫是河南人，没有见过，所以一定要知道这个。

为什么花这么多气力讲这个雎鸠？只有这样，你才知道这首诗的地理环境，不是在黄河流域，而是在汉江流域。因为这一带挨着古代的蜀国，早已经把那一种名叫鸬鹚的鸟，家养了，驯化了，变成鱼老鸦，变成鱼鹰。

鱼鹰在下游叫，“窈窕淑女，君子好逑”。这件事情，男女遇到了，是在河的上游，远远地他们听得到鱼鹰正在捕鱼，“逑”就是配偶，“好逑”就是理想的配偶。什么叫“窈窕淑女”？好多人胡乱解释，说窈窕就是苗条，其实“窈窕”不是这样。仔细注意这两个字的构造，上面是“穴”，洞穴，任何洞穴都很幽暗深远。“窈窕”说的是距离，这种词叫连绵词，“窈”和“窕”押了韵的，叫叠韵连绵词，不能够扯开讲，不能够说“窈”是什么，“窕”又是什么。“窈窕”就是“遥迢”，遥迢又是什么意思？远距离，距离很远，就叫“遥迢”。那一个淑女，“淑”是善良的，“淑女”就是善良的女子，大家闺秀，不是野女子，不是潮婆，也不是街妹，是淑女。这个淑女很窈窕，什么叫“很窈窕”？我和她不认识，虽然近在眼前，但是距离很远，姓名都不知道，话都没有说过，就叫“窈窕”。“窈窕”本来指的是空间上的距离，但是用到这里，指两个人感情上的距离，彼此不认识，话都没有通过，就叫很窈窕了，就是这个意思。等于我如果不说话，坐在这儿，你们各位也不说话，坐在这儿，那我们就很“窈窕”了。等到摆一会儿龙门阵，大家就了解了，啊！一下就觉得这个老头子是这样子的一个人嘛，等我们弄清楚了，就不“窈窕”了。所以“窈窕淑女”，就是他不认识这个女子，距离远，但是这个君子又喜欢她，君子认为：哎呀，这个才是一个理想的爱人啊！

这就是第一段。第一段，显然我们就可以设想发生在什么地方，它的现场在哪儿？现场在一条河边上，下游那边，有渔夫，几个渔夫几只船，放了一大群鱼老鸦，站在江边，呱呱呱地叫，捉鱼。

古人说这个诗，这样开头叫“兴也”。什么叫“兴”呢？就是眼前看到一个什么，就把它拿来起兴，就等于唱歌的时候总要找一个由头，以便提出来唱。其实没有那么简单，这个是诗歌艺术，经过了设计的，它这样写是有互相照应的。古人把男追求女比喻成“捕鱼”，《诗经》中有大量这样的比喻，因此放到这里，是有意思的：下游一大群鱼老鸦正在那里捕鱼，上游这个君子就看上了某个淑女。而且我告诉你，中国古代文字没有复数，不像英文加一个“s”就解决。实际上，这暗示了我们一群君子和一群淑女，在河的上游，不是“一个”。

对了，这样我们就要问一下，为什么他们聚会在那里呀？这就不是某一个君子王先生偶然碰到某一个美女李小姐，在江边碰到了，不是。这是民俗活动，来了很多男男女女，女子都是淑女，男子都是君子。这个民俗活动发生在一年的什么时候？我们也要了解植物学，不了解你就不晓得了。在干啥呢？那些淑女在干啥？“参差荇菜，左右流之。窈窕淑女，寤寐求之。”这是什么？这个淑女在干啥？在采那个荇菜，荇菜栽在什么地方？菜园子里吗？荇菜是野菜，没有专门种植的，这些美女跑来采野菜，这是什么意思呢？还来了一群。“左右流之”，这个“流”是什么？古代的字少，好多用同音字来取代。“流”就是“扭”，因为那个荇菜要摘，我们读的“扭”——扭断。女子们在采荇菜，荇菜在什么地方？你要了解这个，在水里头。

对了，一群女子在水边、水里头采一种叫荇菜的野生植物，这个荇菜是多年生草本植物，长在池塘里、小河边、浅水里，水的流速要缓，流速快了就冲起走了。这种荇菜在有些荷花池里面你们会看到，叶子很小，椭圆形，就像一个心脏形，就你们现在画的那个心——“I love you”，love画的那个心，就是荇的叶子，叫荇形。像心脏那么大，叶子肥嫩，牵的藤，藤藤在水里，叶子浮在水面上，开金黄色的花，又叫金莲。

这种野菜是在水里头采的，你就晓得这些美女都在采这个，在水里不是那么容易采的哟，水太浅了不长。这些淑女是未婚的女子，下去采，这里就有戏看了——大腿都露出来的，不然你怎么采？你把裙子拿到里头，在水里淹了，水一浸上来，连全身都湿了，那还得了！非得把裙子捞起来，扎起。至少要有齐腰深的水，难怪有那么多君子在那里。你要晓得古代讲恋爱，不光看你是不是淑女，道德水平高不高，思想好不好，还要看你身材长得如何嘛，是不是？这个，如果是个罗圈腿，一看到，人家就选不上的嘛。

民俗活动嘛，这里是在相亲，发生了这样的事情。一群鱼老鸦在这儿逮一群鱼，就暗示了在这里相亲，去采的都是女子。因为有一点这个，中国古代《周礼》上面规定，凡是给家中祖宗祭祀的时候，要用祖先曾经吃过的那些东西去祭他们，祖先生活的那个时候很多蔬菜都没有培育出来，吃的是野菜。这种荇菜就是野菜，实际上当时的人基本上不吃它了，因为培育有更好吃的菜，但是你在供祖宗的时候，非供这个不可，就像供祖宗要用太羹玄酒一样。什么叫“太羹”？就是把一坨肉用白水咕嘟咕嘟煮起，煮熟就拿去敬那个神了，切都没有切，我们喊的“刀头”，是整的。因为祖先吃肉就是那样吃，一坨肉拿着啃，所以我们不可能把肉给他炒成一份，啥子酱肉丝这些，拿来这样敬，没有哪个这样敬的。“玄酒”是啥子？因为祖先那个时候没有酒，就是一碗水。要去采这个荇菜，是采来敬祖先的，不是摘豌豆尖等到拿回去下面，根本就不吃这个的。

所以有人研究诗，如果不了解这个，有时候说了半天，连这儿发生了什么事情都不晓得。而且祭祖先的菜必须由家中的女子出去采，买来的都不行，要亲自去采，这是《周礼》上面规定了的。你不能够喊你家中的姆姆婶婶都去采，她们都是已婚的了。谁去采？每家的年轻姑娘都去采。这个荇菜不是到处都有的，一般都是在城外头，某一个小河边才有，所以就非要到那儿去采不可，家家户户都要去采。因为这个是祭祖的，到了那一天都要祭祖，每家的这些年轻女子就全部去了。

那么这一天是什么日子呢？你们仔细注意，就这个荇菜，荇菜是春末夏初才开始发芽，荷叶长起来以后，它才长出嫩的叶子跟藤。这样大家就晓得了，季节是夏天。夏天什么时候？从前祭祀祖宗，一年四次，春、秋、冬、夏。夏天祭祖宗有个专用词，叫“礿祭”，礿祭在什么时候呢？阴历五月，五月十五，古代叫“中天节”，就在那一天，家家户户都要祭祖宗，而且规定要有荇菜，规定由家中年轻女子去采，所以去了就是一大群。

哦，你就明白她们在干啥了，这就是民俗活动。有些民俗活动到清朝末年成都都还有，比如清朝末年成都有一个民俗活动叫“端午节打李子”，在东较场。在晚清末年，就是19世纪后期，有一年发生教案就是由于打李子引起，结果跟一个教堂里面的人发生冲突。打李子是什么意思？夏天果树林中，采摘水果，男女游戏，互相抛果子，女子看上哪个男子就把这个李子打过去，所以说叫打李子，早就有啊。晋朝时候的潘岳是个美男子，他住在洛阳城里面，每次上街坐着马车，路上尽是漂亮女子跟着他，追着拿水果打他，他只要出去走一圈回来，车子里面水果都装满了。

这些民俗今天没有了，曾经有过。那么你就晓得了，这样多的女子到那条小河边去采摘荇菜，按照习俗就来了一大群未婚男子。甚至可以设想，因为古代没有那么自由，这一群女子出来，她们家长放心吗？这些年轻女子出来，肯定每家都有家长要跟着来。男子有好多不愿意来的，是他妈他爸强迫来的，说：你这么大了，要去相个亲。

所以江边就会在每年这一天，在“礿祭”的前几天，家家户户都要去采这个，在那个小河边就形成了民俗活动。各方的家长都要来帮着看，看那个家长说的：“唉呀，娃儿呢，那个女子行不行吗？”他说：“哪一个嘛？”“你看嘛，水边那一个喃。”他要慢慢看。这个就叫相亲，相中了也不是他们两个直接去勾兑，古人毕竟还是没有那么开放，特别是这些贵族还要讲礼仪。去了都是双方看上了，家长先接触，要问下孩子，然后让他们再见个面，就是这么一回事情。

大家每天晚上看的那些电视节目，有相亲的节目，古犹今也。孟子说的古今人情不远都差不多，现代发生的事情古代早就发生过，都是这样的。所以知道了这首诗的背景，你看，从这个荇菜可以采，就可以把时间推断出来，夏天，很热了，荷花都快要开了，那就是夏至前后，端午以后夏至以前某一天，就是阴历的五月十五。在那一天，家家户户要祭祖宗，都要有荇菜，要多少呢？一大捆？又不是猪饲料要那么多干啥？就是一个小的竹子编的篮子，把生的荇菜装到里面就行了，只要一点。

这个是民俗活动，不是生产劳动。20世纪50年代的那些解释《诗经》的，用啥子革命观点解释、劳动人民观点解释：你看这些女子是农村女子，非常勤劳，大家就在那儿采，在水里采。也是有采的，有一种类似荇菜的叫莼菜，莼菜就比较可口，也是在小河边上、在水里面的水生植物。莼菜里有一种叫猪儿莼，猪儿莼就是指的荇菜，拿来喂猪的，人不吃。李时珍的《本草纲目》上写得清清楚楚。现今的人不吃这个，不吃这个荇菜。对了，这就不是农村姑娘摘了，第二天早上拿到成都去卖的，不是这个。

城里的女子下来摘的，是摘来祭祖宗的，不是喂猪的——要一背篼、一箩筐，只要那一点。所以这个采荇菜，带来了男女互相结识的机会，男子也来了，还带了乐器，一定得带，不然咋个会“琴瑟友之”。他们把乐器都带来了，大概就是女子在水里采的时候，一群男子在上面唱歌跳舞，就是孔夫子的《论语》上面写的，“舞雩，咏而归”，唱起歌，跳起舞。男子一定不是瓜兮兮地站在河边，在那儿看人家的大腿，而是在那儿演奏音乐，对了，这才像一个民俗活动。所以这种场面，从古到今，所有解释《诗经》的没有一个人想象到了，我想象出来的真实场景就是这样，民俗活动，不是偶然遇到一个什么女子。然后你就要仔细注意了，中间就有过场了。

“参差荇菜”，有的藤藤长得长了点，有的短一点，参差不齐。“左右流之”，“流”就是“扭”。她们有点奇怪，你摘就摘嘛，这边忙使起地摘嘛。这边摘一下，还要那边摘一下，又那边摘一下，天哪，她这是舞蹈动作吧！表演给男子看的，不是水桶腰，是腰肢灵活，不然怎么会左右，你看好多次左右左，大概就是，是要左右，人家才看得清楚嘛。古代虽然没有三围这种说法，但是人情不远，你可以想象得到，古今一样的，人家是要观察嘛，是不是？何况你把裙子扎起，捞起来正好观察。宋代以后绝对不允许这样子解释这首诗，就你这样说来岂不下流啦？朱熹他们的那些看法迂腐可笑，值不得拿来说，这个就是真实的。

“左右流之”，这儿又“左右采之”，又“左右芼之”，都是这样子，一左一右的。这不是在舞蹈表演是什么，表演给河岸上面一群男观众看的，上面还有音乐，吹的吹，奏的奏，弹的弹。

“左右流之。窈窕淑女，寤寐求之。”注意，第一天这个男子看上了那个女子，第一段是看上了她，说我就爱她，就是我跟她两个配成对最好，所以叫“君子好逑”，这是第一天。第二天又去了，可能这个活动接连好几天，一直到五月十五“礿祭”，祭了祖先以后，就结束了，人就散了。

第二次去，这个男子，去看他心爱的那个女子，这边采一下，那边采一下，看得很细。“窈窕淑女，寤寐求之”：当天夜晚回去，做梦都梦到她，叫“寤寐求之”。你们仔细注意，“寤”和“寐”这两个字，上面是宝盖，说明在房子里头；左边这个就是床，说明是在睡，睡在床上、家中，“寤”是梦中有所见，就说当天回去做梦梦见她；“寐”就是我们说的“眯一觉”，“眯一觉”那个“眯”，做梦都梦到在追求她，“求之”。你们注意看它押的韵，你看，“左右流之”“寤寐求之”，“流”和“求”是押韵的，不是用“之”字押韵，“之”字是虚词，押韵不能够用虚词，要用有实际意义的。第一段的韵是“关关雎鸠，在河之洲。窈窕淑女，君子好逑”，“君”和“逑”是押着韵的（此处“君”和“逑”押韵可能是口误，应该是“洲”与“逑”押韵），“流”和“求”也是押韵的。

那么第二天晚上，就是做梦都在梦见，但是求之不得，追不上她，两个人连交往关系都没有建立。“寤寐思服”，“服”上古音近pé，就是我做梦都在想念她，“思”是“想”，“服”近pé，“迫切”那个“迫”。梦到近距离了，就叫“服”，好像我们都熟了，抵拢了。哦嚯，可惜是一场梦，梦一下就醒了，醒了就睡不着，睡不着又看表，两点半了，就再也睡不着了。长夜悠悠，“悠哉悠哉”，就是夜晚好长。古人说“欢娱嫌夜短，愁重恨更长”。睡不着，夜晚那样悠长，“辗转反侧”，人就像车轮一样，转过去又转过来，“反”要读“fān”，“反”就是“翻”，翻过来，仰起睡了又趴着睡就叫翻，然后又侧起睡，翻来翻去然后又侧起睡。

这天夜晚，是第二段。第二段就是见到了，可能也认识了，晓得了名字，双方家长也去了解了，对方女子也还好看，但就是还没有真正交上朋友，所以做梦都梦到她，都在思念她。

孔夫子要有点胆量，才敢把这首诗放到第一篇。你！居然还会写到夜晚睡不着，按照某些人说你这样干什么！这样好像就是不好。有什么不好？后来的儒家是很忌讳这个的，想见某个女朋友就辗转反侧，那还了得，那不行的。孔夫子还欣赏这个，把它选到第一首，这个就叫“人情”。这是第二天了。

第三天终于搭上白了，两个人一起摆龙门阵，问：“你爱好什么呢？”“唉呀，我爱看电影。”那个又说：“我爱旅游。”古代没有这些，古代就说的是，“我爱弹琴”“我爱弹瑟”。“参差荇菜”，第三天那个女子还在那里摘，所以你就晓得了，其意不在荇菜，只要那一点点，第三天她又来了，无非就是想跟男子见面嘛。

所以说这根本不是他们说的体现劳动人民的勤劳，不是勤劳不勤劳，人家有人家的事情。多可笑，20世纪50年代我年轻的时候，有那么多《诗经》专家就是这样胡乱说的，说劳动人民的健康哦，一会儿又是健康美哦，一会儿又说劳动人民的美女。那君子又是谁，是不是那个农二哥？所以，过去避开这个不说，这些女子男子都是城里面来的，像乡下的农民打猪草。打猪草，她要拿个背篼，这儿没有说这个女子一筐一筐地挑回去。显然那些解释诗的人不动脑筋，他连这点都没有想到，他那么说究竟通不通。

然后第三天那女子又来采，双方的家长一定提前接洽好了，说他们双方都还满意，可以在一起摆龙门阵了。“参差荇菜，左右采之”时，那个男子的眼睛在看着她，看着她还在那儿采，“采之”。

“窈窕淑女，琴瑟友之”，交朋友了，怎么交呢？把乐器都带来了，采了一会儿，在底下采了几下，做个样子就起来了，起来后两个人到河边去，男子弹琴，女子鼓瑟。瑟是要鼓的，什么叫鼓？就像打扬琴那么敲，“咚咚咚”，就叫“鼓”。女子鼓瑟，男子弹琴，“琴瑟友之”，通过音乐爱好交上了朋友，就这么简单，你看。

“参差荇菜，左右采之。窈窕淑女，琴瑟友之。”对了，你会发觉有问题了，这个“友”跟“采”两个押不到韵！你看前面都押的韵，“服”跟“侧”“流”跟“求”“洲”跟“逑”都押得到韵，这儿不押韵了——古音，“友”读“yǐ”，“窈窕淑女，琴瑟yǐ之，参差荇菜，左右qǐ之”！当时的土音押得到韵的，“采”读“qǐ”，“友”读“yǐ”。这个叫“活化石”，给我们留下了方音方言，使我们可以探测到三千年前汉水流域的口音。“采”是读“qǐ”，“友”是读“yǐ”，保留下来了。所以多亏诗要押韵，不知不觉地把一些古音给我们保留下来了。

两个人在岸上弹琴去了，弹琴鼓瑟，这两个人的感情就好了嘛，这是第三天。

第四天基本上都弄巴适了。第四天，“参差荇菜”，还在那儿要假巴意思采一下，水下去逛一圈回来。“左右芼之”，“芼”是啥子呢？因为这种荇菜牵的这个藤在水底下，上面长叶子，叶子要开花，黄花，根子是在这个藤藤上的，有的浮到水面，有的沉在水的中间，还有地下茎，有时还会长一个很硬的蹿到河的泥巴里面去，最好最嫩肥的是蹿到泥里的，白色的，雪白多嫩。蹿到泥里，叫“芼之”。这也是土音，现今没有这个说法，“芼”就是扯，拔起来，从水底下扯起来，读“mào”。陕南、湖北北部的人，我都问过他们：“用手拔，这个土音读什么？”都没有这个“芼”，因为面上的、水面上嫩的尖尖都采了，剩下就是最好的蹿到地下去的，那个叫地下茎。我们原来读的“hěn”嘛，植物的根、“hěn”、叶三个部分，现在读的“茎”，那一节蹿到土里要拔起来。

“参差荇菜，左右芼之”，你看都在扯那个了还要一左一右，“嗨唑”扯一下，“嗨唑”又扯一下。这个中间走过场毕竟是有原因的，不是无缘无故地在那儿一左一右的。

“窈窕淑女，钟鼓乐之”，是什么意思呢？谈好了，这个男子说：“我要好生鸣钟击鼓，乐她一乐。”“乐”在这里读“nào”。“参差荇菜，左右芼之。窈窕淑女，钟鼓nào之”，我要好生闹热她一回，意思是什么呢？准备结婚，请一个婚庆公司，有演出的，敲钟击鼓，弄得很闹热，好使新娘好生快活一下，“钟鼓乐（nào）之”。这个“乐”读几个音：快“乐”就读“lè”；音“乐”就读“yuè”；用快乐去快乐他人，作为动词要读“nào”，“nào之”；还可以读“yào”，“仁者yào山，智者yào水”，四个音。这个还没有实现，因为这个女子还在底下采，第四天了，男子跟她两个人昨天就弹了琴，鼓了瑟，一起摆了龙门阵，很合得来，双方家长也一致同意，然后男子还看见她在那儿采，男子就想：多花几万块钱，好生雇一个乐队来“钟鼓nào之”，来把我这个新娘好生闹热一会，逗她喜欢，就叫“乐”（nào）。

所以，这首诗讲下来就是这么一回事，你别看它这样浅，古人实在是弄得莫名其妙。汉代的时候，那么多经学专家竟有完全不同的解释：第一就说的这个文王跟后妃两个讲恋爱，你看，因为汉代的这些儒生、这些经师的头脑远远赶不上孔夫子，孔夫子实事求是，晓得这个就是男女谈恋爱。他们不这样说，汉代的这些，说是文王跟他的妃子两个在这里谈恋爱，这简直荒谬，既然都是妃子了还有啥子恋爱讲呢？她都嫁给他了，还去谈什么谈呢？如果还没有嫁给他，那么她就不叫妃子，他也就不叫文王，是吧？这是讲不通的。

还有一些说得更可笑的，说是君子思淑女，又不能自己去找，国王就喊他的后妃，王后跟妃子两个去帮着找。说找到河里有个女子正在那儿摘荇菜，于是去帮着找的这些人就叫“左右”，他们硬是这样说的，“左右的用人”，也和这个女子在那儿采，不晓得采那么多来干啥？你都不想一下，又不喂猪，采那么多来干啥？又不吃这个，这个不好吃啊，野菜，先人很可怜的时候吃的，他不管，连啥子都没有弄清楚。所以汉代的那些儒生，远远退化了，为什么我们说春秋那个时代是中国文化的黄金时代，出了像孔夫子这样的人，那真是好有见识、好有人情味的，到汉代没有了。到宋代，头脑更要糊涂，《诗经》中的好多真相，一直到清代乾嘉时候，一些研究《诗经》的专家才略微有所发现。新中国建立以后，那么多专家、教授，很有名的著书解释这个，都说是劳动人民，说是生产劳动，在那儿很勤劳，都不想一下，这哪里是生产嘛，这是民俗活动，就是相亲这回事。

所以我把我的这个讲座定名叫“诗经点醒”！就是我们要点醒，不要糊里糊涂的，“点醒”就是看它究竟说啥子意思。这也是一件很有趣的事情，我拿来摆龙门阵，给大家分享。

我还有这个爱好，从前写诗，现在人老了写不出来了。写诗要糊里糊涂的才写得出来，头脑清醒了，就啥子诗都没有了。年轻人多梦的时候才写得好诗 。人老了，眼光把啥子都看清楚了，就写不出诗了，改行了，来弄一些古代文史研究。也没有啥子大的抱负，无非就是有了这点心得，给这些朋友摆龙门阵，就当是讲评书吧。

周南·汉广　秦风·蒹葭

周南·汉广

南有乔木，不可休思；汉有游女，不可求思。
汉之广矣，不可泳思；江之永矣，不可方思。
翘翘错薪，言刈其楚；之子于归，言秣其马。
汉之广矣，不可泳思；江之永矣，不可方思。
翘翘错薪，言刈其蒌；之子于归，言秣其驹。
汉之广矣，不可泳思；江之永矣，不可方思。

秦风·蒹葭

蒹葭苍苍，白露为霜。所谓伊人，在水一方。
溯洄从之，道阻且长。溯游从之，宛在水中央。
蒹葭萋萋，白露未晞。所谓伊人，在水之湄。
溯洄从之，道阻且跻。溯游从之，宛在水中坻。
蒹葭采采，白露未已。所谓伊人，在水之涘。
溯洄从之，道阻且右。溯游从之，宛在水中沚。

谢谢大家来配合完成传播古典文学的任务。

我个人才疏学浅，好在我选择的这种方式是摆龙门阵。如果说这个也算是实力的话，这不是硬实力，硬实力是课堂讲课，我是摆龙门阵，算是软实力。因此，哪怕才疏学浅，由于选择了这种传播方式，我都可以掩盖一些自己的短处。

今天，我们就开始第二讲。这个系列讲座总的题目是“诗经点醒”。所谓“点醒”，就是把一首诗究竟是怎么回事，把它打明叫响，究竟这首诗说的啥，叫“点醒”。因此这首诗的每个字我就用不着再详细去讲解了，书上有。这两首诗，第一首在《周南》里面，叫《汉广》；第二首在《秦风》里面，叫《蒹葭》。

历来传播《诗经》、研究《诗经》的，从汉代的儒生起一直到现代，人们从来没有把这两首诗对照在一起讲，是由于人们没有意识到这两首诗主题完全相同，内涵也相同，所反映的当时的生活场景都属于民俗活动，有极大的共同性。古人不认为有共同性，是因为从东汉的郑玄给《诗经》做笺注的时候就已经下了结论。当时汉代的毛亨、毛苌，就是他们父子两人传播《诗经》，郑玄作为五经博士加注解。

从那个时候起就认为《汉广》里面所反映的内容是“文王之德，传播于南国”，什么意思呢？就是说当时还在商朝的时候，周文王还不叫文王，叫“西伯昌”。“西伯”是纣王给武王的父亲封的一个诸侯，就说在西边那一大片地方，你就算NO.1，所以叫西伯。他姓姬，名字叫昌，叫姬昌，又叫西伯昌。那么当时，他的这个领土沿着嘉陵江上游和汉水上游向长江中游扩张，所以孔子说文王当时三分天下有其二，就说他占了三分之二的面积。怎么会有这样大？原来他是把蜀国、陕南和长江中游全部算进来，当然领土就很大了。但是这个大实际上也是一种很空的大，因为长江中游这一带基本上还是少数民族，是楚国统治的。因为汉代的人要遵从文王、武王，就说的是文王的教化，他的德教影响非常广泛，影响到长江中游，汉代的人就用这首诗作为榜样，就说：你看，长江中游这些，最初都是野蛮人，是周文王这个西伯昌的文化传播、教导，使长江中游的野蛮人在婚姻上面都晓得要遵守周礼，就用这首诗做证明，怎么可以呢？

你看，汉代的这些儒生嘴巴非常油滑，就像我们今天有些搞宣传的最会说。居然这首诗他就能够说，你看嘛，人家这个男女恋爱，都是“不可求思”。什么是“不可求思”呢？就是不能够当面去跟人家求爱，要按照周礼，各种礼仪，如媒妁之言、父母之命，才能够实现。这个上头的，连人家普通的长江中游这一带的百姓都晓得，“汉有游女，不可求思”，就是说你不能够直接去追求她，这个就是他们的解释。

你要知道古人有时候愚昧起来很吓人，从汉代这样子说了，而且这些说法从唐宋以来一直到清代。清代初年乾嘉学派的一些文史专家，有些就给《诗经》重新做解释了，有些就已经不接受汉代那种说法，那么是怎样说的呢？就说人家这首诗说的是男女恋爱。男女恋爱了，那么这个就算一大进步了。这样子的解释，直到20世纪50年代开始普及《诗经》的时候，有余冠英先生，有山东大学的高亨先生，还有几位先生先后来普及《诗经》，出翻译本，给加上一些注解的本子，都是这样说。这个就是恋爱，恋爱又不成，反正就说劳动人民如何质朴，男女恋爱如何真诚，从这个角度讲。我发现它不是这么一回事。

而另一首《秦风 · 蒹葭》，这个“秦”不是秦朝，不是秦始皇建立的那个朝代，这个是秦国。秦国是非常之古老的，当时这一个小小的秦国，是在陕南和甘肃，所以甘肃的天水都叫秦州，是古代秦国的首都。这个《秦风》就是讲的甘肃南部、陕南一带，古老的秦国那个地方流传的一首民歌叫《蒹葭》。

历来，从汉代起解释这一首《蒹葭》的诗，都是说隐士辞去朝廷的官不做了，到水边去隐居，人们仰慕这些隐士，要来找他们，找不到。“所谓伊人”，“伊人”，就是那个人；彼人，指的就是隐士。汉代以来就是这样说的，说隐士道德很高尚，不同流俗，不和世间往来，所以人家仰慕他们的，就来找。“蒹葭苍苍，白露为霜。所谓伊人，在水一方”是说他隐居在水的那一方，古代的词语有省略。“在水一方”就是在水的那一方，不在这里，要去找的人在那里，而且隔了水。所以你看，找来找去找不着，顺着水去找，逆着水往上游找，一会儿看到他在这儿，一会儿又“宛在水中央”，所谓“宛”就是依稀仿佛，看来好像是。起初觉得他在上游，到上游去找，到了上游发现他又到下游去了，又到下游去找，下游又没找到，再一找说在河的中间，在一个沙滩上。这个隐士很怪，当这个隐士如果这样，就太累了，因为一会儿要往上游，一会儿要往下游，还要躲到水中间去，哪有那个体力去当个隐士呢？古人不考虑这些的，他认为就是这样子。从汉以后直到现代，隐士的这种说法，又有了新的说法，男女恋爱。说是一男一女约会在河边上，男子来找，结果那个女子，就是那个“伊人”，又不晓得躲到哪一个芦苇丛中去了，找来找去都找不到，就很失望，现在就是这样子讲的，爱情诗。

我认为，这两首诗都是写民俗活动的。这个民俗活动概括起来就是古人给每条河都找到了神，每年民俗活动都定期到河边聚会，向这个神致敬是祭祀，也用歌舞去娱乐，这就是民俗活动。

这件事情我是怎么想起的？那在十几年前看钱塘江的潮水，在南岸，盐官镇，那里每一年的八月十五过了，在阴历八月十六、十七、十八这三天，有大潮！因为这个潮水跟满月有关系，所以这三天的潮水最大，我就在潮水最大的那一天，大概是阴历八月十八，到那儿去看的。那么多的人，外面要买票，十几年前都要七十八块钱一张票，现在据说要卖几百块，不然去不到那儿。这个钱塘江南岸，是比较高的地方，因为这不能低。低的地方，有一年就曾经淹死一百多人，那些外地去的客人不晓得潮水会涌那样高，就在江边上。结果那个潮水，起初远远看到低，然后越来越高，最后一压下来，两百多人，死了三分之二，当场就卷起走了，水一退就卷起走了。所以我去看的那一回，他们已经组织起来，在堤岸上面围起来，里面还安了座位，不然怎么好收人家七十八块钱呢？他们就是这样赚的钱。

你来了就在这儿坐着等，差不多等了将近一个小时，就等那个潮水来。大家都坐着，在那儿吵吵闹闹的，吃方便面的，喝啥子可口可乐的，啥都有，噢，嘈杂不堪，我们中国人是这样。突然一下，就有人吼一声：“来了！”所有的人一下就不晓得发生什么事情了，都往凳凳上面站，一下人们都站起来。陪着我来的嘉兴的一个（人），那个时候嘉兴图书馆有一个（人）叫范笑我，他开了个秀州书局，很有名，说：“别理他们，老师，别理。”我看人家都站起来了就也站，他把我拉住：“不要去站。”这些人说“来了，来了”，就往上游那头看。结果看了一阵，底下又笑起来了，那些人纷纷又落座。然后，范笑我才告诉我，每一次看钱塘江潮，都有两次潮：第一次是人潮，刚才一下人就站起来，没有水，要人潮过了，还有二十分钟，大概真正的潮水它就要来了。我觉得这很笑人。当真，过了二十分钟潮水来了，反而没有人站起来，就是这个“来了，来了，来了”，一下大家都慌了。这个“来了”，突然在有很多人的场所，有一个人吼一声“来了”就发生事情了。

郑国有一个贵族叫伯有，是被冤枉给国王杀了。有一天，郑国都城里面最繁华的街上，突然全城的人吼起来“来了，来了”，遍城的人都在跑。就说是被冤杀那个伯有的冤魂来了，史书叫“相惊伯有”，成都人说的扯地皮疯。潮水这个也是，范笑我告诉我，每一次都是这样。后来我又阅读了一些唐宋以来的笔记，发现早就有这种现象，“来了”。过了好多年我一下就懂了“谁来了”，绝不是毫无根据，因为古书上记得很清楚，伍子胥！伍子胥是被吴王冤枉杀了的，伍子胥被杀的时候很愤怒，就说：你不信我的话，还要杀我，我死了以后把我的眼睛挖下来挂到东门上，我要看见越国的军队进吴国的首都。

伍子胥是一个愤怒的冤魂，所以历来把钱塘江的江潮与波涛叫胥涛，伍子胥那个胥，就是说他的愤怒卷起波涛来。民间传说，每一次潮水来，远远的天边那一线，看到那一线就说看到伍子胥来了，说伍子胥穿的白袍，骑的白马，在那个最高的浪头上，随着浪头，等到再拢一点就没有了，就只看见白色的波涛滚滚来了。所以伍子胥是钱塘江的江神，江南那一带，从前每一年的阴历八月，有这个民俗活动，就是观钱塘江的江潮，同时悼念伍子胥，说这是个冤魂，冤魂不散。白衣白袍，骑着白马来，所以后人把这一切波涛都叫作子胥涛。

我1958年到崇庆县一个乡，挨着山里面的一条河，河上有一座桥，桥头有个龙王庙，龙王庙的门口刻着一副石头对联，显然是清代、明代的了："子胥归来莫控银鞍白马，留侯安在空遗黄石素书。"用了两个典故来说水和桥，"子胥归来"，就是伍子胥归来的时候不要骑着银鞍白马，不要有大的波涛来，把这个桥冲毁了，所以桥头龙王庙就立的这个。由一座桥就想起张良的典故，张良遇到一个黄石公，黄石公把鞋子脱了丢到桥的底下，喊"孺子，你给我捡起来"，所以"留侯安在空遗黄石素书"，就说张良那么伟大的人都没有了，留下一部兵法书也没有什么用了。这副对联写得相当好。我从那里经过是1958年，正在拆这个龙王庙，我看了心想，这么好一副对联，我得把它记下来，拆了以后你们都忘记了，我得把它保留下来，"子胥归来莫控银鞍白马，留侯安在空遗黄石素书"，好感慨，用典用得如此好。这些都是说"来了"的问题。

对了，现在我们应该回到诗上面来了。

这一首《汉广》，首先你注意到"周南"这两个字，周南不是一个国家，是一个地理概念，是说早在周国还在岐山、陕南的时候，还没有天下，没有周朝，周文王西伯昌就已经传播文化到长江中游，到汉水！所以这一带的诗歌用这一带的地理名称叫"周南"，"周南"就是周公所管理的南面的一大片国土。

《诗经》中有两个"南"，一个"周南"，一个"召南"。这是由于西周初年，周公要离开首都，到中原去经营洛阳城，就把召公留在原来的都城镐京。周公和召公分了工，说南方的那一大片从陕南、川北一直到湖北长江流域一带都叫南，南国，其实有很多个小国，都叫南。那么周公就说：就管洛阳以南、长江中游，召公你就管嘉陵江流域和汉水的上游，所以有了周南、召南。

具体说来这首诗的背景是汉水，汉水从甘肃南部的潘中山发源，向东流，穿过陕南进入湖北，就叫汉水。再往东南流去，就是汉口，汉口、武昌、汉阳，三个地方后来叫武汉，最初是叫汉口。唐诗中间“汉口夕阳斜渡鸟，洞庭秋水远连天”，叫汉口。这个汉江流域就是属于周南，这一条汉水也有神，汉水流域的神究竟叫什么名字没有记下来，我们只知道是一个女神，就是这首诗中写的，知道她是神，就好讲解了。汉代的经师，他不晓得这是一个神，只晓得这是一个女子，于是说的这一个女子是贤淑之女，是很守规矩、懂礼教的，人家直接来求她的时候，她都不答应，所以“不可求思”。一个普通的女子有这样大的本事？人家到这儿来找她，她又跑到那儿去了，找都找不到。古人就没有想一下，这个怎么能是一个活生生的人呢？如果是人，你在这儿，人家来就把你找到，他没有找到嘛，“不可求思”，找不到。

显然，这是一个神，一个女神，而且这首诗一个关键的词就是“汉有游女，不可求思”那个“游”，这个“游”早就被理解错了。这个地方在汉代以后流传了一个故事，假托到汉代以前，说“汉上游女遇郑交甫”。有一个青年男子叫郑交甫，在汉水边上碰到一个游女，当然这样说就是用在水边游玩、在那儿旅游的“游”解释这个“游”。这个郑交甫就很喜欢她，想去和她说话，女子也喜欢他，就赠了他一个玉佩。郑交甫拿到玉佩以后，欣赏玉的时候，抬头再一看，女子不在了。历来对这个郑交甫遇汉上游女的民间传说，都没有搞清楚，这个“游”根本不是旅游的游、游玩的游，这个游是在水中、波涛之上，不是在岸上游玩的。实际上这首诗所写的“汉有游女，不可求思”，一下你就懂了为什么求不到她：汉水是一条很大的江啊，汉江越往下游越是大，快要到武汉就相当宽了。她在波涛之上，由于她具有神性，所以她不像我们这些游泳健将是在里面游，她根本不是，她在水面飘，她是神，看着她从上游来了，这个漂亮女子——女神来了！“汉有游女，不可求思”，一下你就懂了，这个“不可求”不是有什么礼法不能够违反，根本是人在岸上，她在那样宽的水中，顺着水飘下来了。

这是什么时候？一定是民俗活动，每一年夏天有特定的日期，那一天就是民间传说汉水女神要出嫁，嫁给远方某个神，老百姓就在江边聚会送她，所以“之子于归”。人家写得清清楚楚的，“于归”就是出嫁，女子以夫家为归宿，所以离开娘家到夫家去是“归”，是回到那里去，“之子”——那一个人，“于归”是那个人出嫁，当然她就是一个女性了，而且是一个神，是因为人无法接近她，人和神中间始终保持一定的距离，不可接触到，所以“汉有游女，不可求思”，求不到的。前面是比喻，“南有乔木，不可休思”，“休”是路上走累了遮荫去休息一会儿，但如果树木是乔木的话，遮不到荫，乔木太高了，太阳斜着能晒进来，树木必须要矮，要浓密的荫，横着像黄桷树一样的，横着展开才遮得到。所以“南有乔木，不可休思”，树高了，就没有办法在那儿休息。“汉有游女，不可求思”，那一个游女是个女神，我们怎么能够去接近她呢？

“汉之广矣，不可泳思”，汉江是这样宽，我们看见她在对岸，但没有办法游过去，波涛太大，还有人神的距离。“江之永矣”，这个汉江是这样这样的长，“不可方思”，“方”就是用木头、竹子扎一个筏，筏就叫“方”，木筏、竹筏都是长方形，你们去看，就叫“方”，“不可方思”就是说不能够乘着筏子去追她，因为汉江是这样长啊，你要追到什么地方？长江下去就是东海，无穷无尽，追不到她。“汉之广矣，不可泳思。江之永矣，不可方思”，太长了，乘着筏子去都不行，这几个“思”是什么意思？是虚词，就是我们现在川东一带都还有的。“南有乔木，不可休思”，“不可休sè”，你看“南有乔木，不可休sè。汉有游女，不可求sè”。你注意到，押的韵是“休”和“求”，这样押韵就证明底下那个是虚词，因为虚词不能够算到韵里面来，“汉之广矣，不可泳思。江之永矣，不可方思”，“不可泳sè，不可方sè”，就是“sè”。

由于这个是唱的歌，第一段过了还有第二段。第二段“翘翘错薪，言刈其楚”，“错”，杂也，杂木林、树林，有些全部是一种树，比如柏木林、松林、青木树林、竹林，都是一个，有的是杂的，杂的就叫“错”，“错”是说高低不齐、错杂，这个“错”跟工具用那个“锉”字是一回事，写法不同，那个“锉”字也是各种齿不齐，所以就叫“锉”。“翘翘错薪”，长得很高。“言刈其楚”，这些杂木里面这样多的树木，但是我只砍一种树子，这种树子叫“楚”，“楚”是什么？“楚”又叫“荆”。哪一个“荆”？草头一个刑，刑罚那个刑，楚国又称为“荆”。“楚”就是有一种树子叫黄荆条树，就是植物的这个荆。成都人说的打娃娃“不打不成人，黄荆条子出好人”，就是用那个“楚”。那个“楚”是一种很细的藤，割下来又是软的又有弹性，正好打娃娃，它又不是棒棒，棒棒一会儿就打死了，会把骨头打烂，它是软的，打到那个屁股很痛。所以从前的人，老师处罚学生叫“夏楚”，那个“楚”也就是指的这种荆。

为什么他要去砍这个荆呢？古人也没有解释，古人说的：这个天下的女子那么多嘛，只爱这一个女子，所以就是像杂木林一样，你有很多树，但是我只砍黄荆条。不是这种意思，他们都不动脑筋，“之子于归”，人家是说这个女子、这个女神要嫁给东海龙王，你们去给她贺婚，贺婚要砍柴。

古代的“婚”这个字，为什么叫“婚”？黄昏时候举行仪式，所以叫“婚姻”。所有的婚姻都是在黄昏时候举行，所以看得到天上的星宿。《诗经》中间的“绸缪束薪，三星在天，今夕何夕，见此良人”，就是新媳妇儿遇到新郎叫良人，良就我们现在的郎，情郎那个郎。

那么两岸的这些百姓在这一天的民俗活动要给汉水女神贺新婚，送什么？要送柴。为什么要送柴？远古时代的婚礼是黄昏时候举行，客人去了都要带着柴，柴蓬起点燃就叫篝火，篝就是蓬起点燃，如果这些柴是在庭院里面就叫“庭燎”，“庭燎”就是照明。所以砍这个柴，不是比喻这个世间女子我就是只爱你一个，那么多树子我只砍这个黄荆条子，是你要去送礼。所以你看“翘翘错薪，言刈其楚”，黄荆条子，我为什么要砍这一种，因为黄荆条子这种柴最熬火。各位都是新时代的，没有烧过火，我们当小娃娃的时候，家中还是柴灶，要烧柴。这一种黄荆条子最熬火，所谓熬火就是经得起燃。所以砍这些黄荆条子去，是为了送礼，去送汉水女神，去恭贺她的婚礼，把柴带去点燃。

那么这个汉水女神是怎样去的呢？在波涛上，总不会走着去。骑马去的，因为波涛滚滚像千军万马，波涛卷起来就像马的头，钱塘江的那个潮水正是这样，你看后人形容都是说如万马奔腾。汉水女神在江面上是骑着马的，骑着马飘下去了。“言秣其马”，“言”就是俺，就是我，这个言就是第一人称的“俺”，一个人旁一个奄，《水浒》中的：俺不去哪里了，俺要去哪儿。这个“俺”直到现在他们陕北一带说的“额”，“额们”，那个“额”就是“俺”，就是“言”。“言秣其马”，就是我把马料拿去给汉水女神喂她的马，因为她还要到很远很远的地方，她这回嫁得很远，要把马喂饱。所以，这些道理古人没有看懂，古人说的这些都是比喻，说的砍柴，他不知道这个是真的、实实在在的事情，不是比喻！所以古人动不动就在前面说成“兴也”，“兴”就是“起兴”，所谓起兴就是看到一个什么随便举一个，在那儿唱一下就叫起兴，说“翘翘错薪，言刈其楚”，“兴也”；或者“比也”，就比喻“我只选某个女子”。根本不是，所以古人没有读懂。人家真的写的是现场，所有的在这一天的民俗活动，都要带着柴，最好的柴，还要带着草料，喂马。这都是真实的民俗活动。

“翘翘错薪，言刈其楚”，我砍“楚”那些柴；“之子于归，言秣其马”，你不是说不押韵的嘛？这就涉及古音。这个马的古音读“mǔ”。“翘翘错薪，言秣其楚。之子于归，言秣其mǔ”：“秣”是马料，饲养马叫“秣”；“言秣其mǔ”，喂她的马，我带着草料来。这样就押韵了，马的古音是读“mǔ”。但是毕竟无法接近她，所以这三段反复咏叹：“汉之广矣，不可泳思。”汉水是这样广哦，我不可能直接游到汉江中间去，把这些送给女神；“江之永矣，不可方思”，汉水是这样长，我不可能扎一个筏子一路就送她下去。真实状况就是这样的民俗活动。有人就会问带的这些柴怎么办呢？把汉水女神送起走了以后，各人又把一背柴背回去？点燃，把这些柴扎起，底下隔离起，点燃顺着江漂流。

后世的，湖北到四川一带，夏天夜晚有放河灯的习俗，就是从这儿来的。因为送给神的，必须点燃，不然始终都在人间，神收不到。就像在河面上，这么多人来参加，来给汉江的女神送行，带好多柴来，扎成三角堆，底下隔离开，让它浮起点燃，两岸都放下去，这就是后来的放河灯。这种习俗到现在都还看得到，所以这首诗所写的，实际上是一个古老的被我们遗忘了的民俗活动。可惜，从东汉郑玄起，都没有弄懂，不晓得这儿在干什么，都还在说男女恋爱，遵守礼法，遵守周公之礼，说这些话实在迂腐。

这么有价值的民俗活动，到汉代已经被人忘记，无法解释了，所以诗三千首，被删得只剩这三百〇五首，把这些留下来了，实在是功德无量，让我们回头看看先民的纯朴、虔诚，对神的尊敬，对风俗的传承。

这一首诗非常优美。那个漂亮的女神可望而不可即，人神之间永远有一段距离，距离之间就有了神秘，有了美，有了追求，追求而又不可得，就是这首诗从古到今叫人反复吟咏，又说不清楚是怎么一回事，以为是男女恋爱。重新来认识它，所以这些也是消失的文化遗产，为什么会消失得那样干净？后来的这些儒生都不知道这一回事。不得不说到战国末年，由于秦的统一，秦国建立了中央王朝——秦朝。秦始皇在位前二十六年还是秦王，从第二十六年起改称皇帝，天下统一，焚诗书，烧的第一个是《诗经》！为什么要烧它？秦国是一个穷兵黩武的国家，认为这些东西浪费财力、物力、民间精力，不应该有。这些风俗，经过秦朝短短的统治以后灭绝了！

与此同时，还有另外那一首《秦风·蒹葭》。《秦风·蒹葭》从汉代起直到现代都被认为是说隐士，要去找他，找隐士找不到，隐士又很高尚又很有道德，怎么都找不到。如果真正就是那么简单，那么这一个隐士究竟有什么好？他能够为我们做什么？也说不出来，那有什么意义可言呢？

好在汉代的毛亨、毛苌，父子两人传播《诗经》，他们遵守传统，按照一代一代的老师传下来的，告诉他们这首诗的背景，说“刺秦襄公也”，说秦国有一个国王秦襄公，这首诗是讽刺他的，究竟怎样讽刺的也说不清楚。那么我们就必须了解所说的这首诗的主题究竟是什么，秦襄公是怎样的人。因为秦国地处西部边陲，混同于多种少数民族，是被中原文化边缘化了的地方。秦国在秦襄公以前虽然也有好多代，但是周朝没有封过他们诸侯，没有让他们建国，因此就不算国。一直到西周亡了，周平王东迁的时候避居少数民族地区，周平王把周朝首都迁到洛阳就叫东周，西面陕南这一片，平王给了秦襄公，说：封你做诸侯了，你可以建国，就在陕南这一带。所以秦襄公成为秦国的第一代国君，又过了若干代，才有后来把蜀国灭了，然后又去灭六国，最后秦始皇统一天下。

秦襄公是第一个，按照传统的说法，他是一个开国领袖。秦襄公做了什么事情呢？会打仗，在陕西、甘肃这一片，在这么多的少数民族杂居的地方，秦襄公最强大。秦人崇尚武功就从这儿起，秦国这一片土地是从前周朝的根据地，是有周文化深厚的基础的，是文王、武王、周公、召公他们曾经传播文教的一片土地，是有礼、有仪的一片土地，是有文化的土地。秦襄公是从战争中找到了治国之道。那些都不重要，就是要强大，就是要用武力称霸，要会打仗，要会砍头，要会杀人。所以从秦襄公起，虽然这一大片地方原来属于周朝，受周朝的文化影响，是讲究文明，讲究制度，讲究礼法的。但秦襄公给推翻了，所以秦襄公在搞军国主义的时候，原有的他底下的大臣就起来反对他。

这样的事情，在《史记 · 秦本纪》里面没有记载，但是多亏传播《诗经》的毛亨、毛苌两父子，他们记录了这件事情，说是秦襄公违背了原有周朝文化的礼仪制度、文明制度，把它破坏了。搞军国主义，就有大臣起来反对，那个书上记载为“民众不服”，什么叫“不服”？抗议。民间起来闹，还有大臣，说有贤者、贤臣，一定进行过斗争，但失败了，失败了躲起来就叫隐士！

但是秦国留下旧文化的这个传统，要去找这个隐士，这个隐士是谁？没有说，只说“蒹葭苍苍，白露为霜。所谓伊人，在水一方”，虽然没有说，但是你注意，它给我们留下了线索，就是“白露”。白露，每一年的阴历九月有两个节气，白露过了就是秋分，秋分是昼夜平分，秋分前半个月就是白露。杜甫的诗“露从今夜白，月是故乡明”，写的是陕南那一带寒冷得早些，相比四川，到白露节的时候——黄昏时候你真的会看到所有的草木上都有露水珠。成都气候热，阴历的八月上旬，就是中秋前，有时候还非常热，没有什么露水。白露，这二十四个节气本来就是黄河流域的人设的，不是给四川人设的。这里就把时间暗示出来了，是白露节，白露是在秋天。正是什么？中秋节的前后。

这一个民俗活动发生在中秋节的前后。这个民俗活动，就是秦地的这一些代表周文化的遗民，随着秦襄公把国家暴力化以后，有些前代遗民，他们要追念当初与秦襄公斗争过的一些大臣，失败了，逃跑了，隐居了。说他们隐居了，隐居到水边，所以要去找他（们）。

这就是作为一个民俗活动，就像端午节要到汨罗江、湘江去找屈原一样，要悼念他，没有说他是谁。“所谓伊人”，那个人，我本人考证确有其人，即西晋干宝写的《搜神记》中的冯夷。《搜神记》上面说，冯夷“服八石，得水仙”，八石是八种矿物质炼的药，叫“八石散”，“得水仙”，成了仙，成的什么仙？水中的仙，就是这个“冯夷”。

所以唐代的钱起，那首写湘江的《湘灵鼓瑟》诗，就写到“善鼓云和瑟，常闻帝子灵。冯夷空自舞，楚客不堪听”，说冯夷在波涛上面跳舞，就是由于他是仙，这是一种传说。结果连庄子书上都写到这个冯夷，庄子的《大宗师》，内篇第七篇，写到“道”，什么叫道？谁人得了道？中间写了“冯夷得之，以游大川”，就说冯夷得了道以后就在大川里面游，川就是水道。

“冯夷得之，以游大川”，“傅说得之，以相武丁”，这些都是历史故事，反正说得了道的是冯夷。这个冯夷我们如今读的音是“冯夷”，古音读“píng夷”，“冯”读“píng”，“píng夷”。

《搜神记》记载“冯夷，华阴人”，注意，他是人，而且还有家乡，就在华阴，陕南，挨着河南那边，“以八月五日渡黄河始”，把日子都定了：八月初五。就是白露节！可以吻合了。只是《搜神记》是后人编故事，把古代有的故事重新编过，但是定的日子是八月初五。

八月初五历来就是一个节日，唐玄宗正是生在八月初五，所以又叫千秋节，在他以前一定就有活动，倒是我们八月十五吃月饼这个节日，古书没有这个记载。最早的只有八月初五，所以有两个“午日”，一个五月端午，一个八月端午，“端者始也”，一个月开始的那个“五”就叫端午，八月（五日）也叫端午。八月五日，说的是阴历，正是白露节，至多差几天，就可以坐实，而且是这个秦国华阴人。

又有传说，冯夷曾经是大臣，秦国的大臣。后人因为道家要宣传成仙，而儒家又恰好缺少关于冯夷生前的政治主张，各种记录都没有，我们就只能够去猜测了。

那么这首诗据我的猜测就是在白露节的民俗活动，大家到各个江边、河边、水边去悼念冯夷。所有的这些悼念都有人跟神的隔离，就拿刚才那个《汉广》来说，这么多人在河的两岸，在那里等，等到一定（时候），远远看到，就有人喊“来了，来了，前面来了”，大家就在这儿围着看，结果只是波涛没有看到人。因为他有追求，所以就有这些“来了，来了”的这个，何况这个神的出现都是躲躲闪闪的，不是来了的。

你看屈原写的《九歌》，写湘君、湘夫人，这两个都是湘江的神。你以为他们是两夫妻都在一起，完全不是。屈原写的《九歌》中的湘君跟湘夫人，是彼此在那儿一男一女谈恋爱，在那儿约会，在那儿等，等了半天都没有来。这里湘君、湘夫人写的就是“来了，来了”的意思。你看，湘君出来唱，在这儿等，等湘夫人来，结果是“君不行兮夷犹，蹇谁留兮中洲。美要眇兮宜修，沛吾乘兮桂舟。令沅湘兮无波，使江水兮安流。望夫君兮未来，吹参差兮谁思”，就是湘君在这儿等湘夫人来。等着等着都没有来，就“你流到哪儿了，怎么中途你……”我就在这儿等你，你“蹇谁留兮中洲”，为什么你在河心那个岛子，走拢了你就不走了，我在这儿等你，你不过来。“美要眇兮宜修”，你远远用眼睛看我，你又是那么漂亮，“沛吾乘兮桂舟”，我在下游驾一船，这只船是桂木船，是香的，我在这儿等你，你怎么远远望到我，又不过来呢？“美要眇兮宜修”，“要眇”是说眼睛。我们说的“秋波”，眼睛，远远地看，就眼睛眯起。古人说的美女把那个眼睛眯起看，样子特别美，我们现在认为这个是近视眼。在那儿望，望着湘夫人来没有来。

那么另外一首，湘夫人也是在望，望着湘君来，你看“帝子降兮北渚，目眇眇兮愁予；袅袅兮秋风，洞庭波兮木叶下”，也是湘夫人在这里望着远处湘君来了，从天空慢慢坠下来，但是在北岸那一边，比较远，也是在那儿“目眇眇兮愁予”，也是眯起眼睛在那儿看，也没有过来。“袅袅兮秋风，洞庭波兮木叶下”，只有秋风一吹，洞庭湖里面起了波涛，树叶纷纷落下，你不过来。“登白薠兮骋望，与佳期兮夕张”，湘君说：我站在多么高的香草上面，脚踩到水中香草上面，我在这儿远望你，我这儿安排好了，黄昏就等你来，但是你不来。“鸟何萃兮苹中”，就是一只鸟你也应该飞到树子上来，你怎么不过来？不飞到树子上，你飞到那些水草上面。“罾何为兮木上”，渔夫搬罾，搬罾要把罾那个网撒到水里面嘛，你怎么把网撒到树子上，就是说你不过来，你不来，都是这个“来”。

不但人神之间有一个距离，神与神中间也有一个距离。因此“蒹葭苍苍，白露为霜。所谓伊人，在水一方”，她在那一边。“溯洄从之，道阻且长”，这个“从”要读成“zòng”，就是“追踪”，我就跟着他，我去找他，我顺着“洄”——回水，就是逆流而上我去找他；“道阻且长”，我如果要逆流而上去找他，路还远，而且中间还有阻隔，又这么长；“溯游从之”，等到我走了一截，看到他又不在了，又到下游去了，那么我又顺着下游去找他，结果顺着下游，跑到那头又“宛在水中央”——他又在河心的岛上，始终都找不到。这就是一种距离，有距离就产生期待，就是男女相恋，人神相恋，可望而不可即。但是在这里不是神，人家是水神，是水仙，是冯夷。

老百姓也要有这种民俗活动，要去纪念他。你注意，纪念他什么？是因为他是八月初五这一天死于水中，这和屈原五月死于汨罗江相似，所以后来五月五要去找他，要到江边去找他的魂，捞他的遗体，这些都成为民俗活动。只是秦地的冯夷八月初五这个断绝了，后人不知道。那种文化被秦朝的暴力文化取代了，湮灭了，我们重新来发掘它。

“所谓伊人，在水一方。溯洄从之，道阻且长。溯游从之，宛在水中央。蒹葭萋萋，白露未晞”，变了个韵。“蒹葭萋萋，白露未晞”，“晞”是晒干，露水还没有干。“所谓伊人，在水之湄”，什么叫“湄”？你看你的眉毛，眉毛是在眼睛边上，眼睛是秋水，眉毛在秋水边上，所以江边水草交织之地曰“湄”，就说他在水草的那个岸上看见她，变来变去。

第三段“在水之涘”，“涘”又是水的边上，反正无法接近她。

这三段都是说随便你走哪里，你去找她，都有一个距离，可望而不可即，因为她是神仙，不能够跟你凡人直接交往。

由于这首《蒹葭》有神秘性，所以古人有好多就把它附会到男女上面。20世纪40年代有一个电影，中国的，叫《古塔奇案》，《古塔奇案》中有一支电影插曲叫《秋水伊人》，就从这儿来的。按照那首歌的理解，

《蒹葭》这首诗，那个伊人就是一个女子，一个男子去找那个女子。唱那歌的是当时很有名的一个演员，叫龚秋霞，唱的女高音，“望穿秋水不见伊人的倩影，更残梦断孤雁两三声，往日的温情只换来今日的凄清，梦魂无所依，空有泪满襟”，是由于思念，这个女子思念得哭了。所以这样的诗、这样的歌一流行，更使我们觉得是写男女之情，写男子追求女子，那个伊人就是个女子。但真相不是这样的，真相更真实，但是不一定那样美好。总不如你想象的——它是男女爱情，那样反而美好，就说这个女子在江边躲着这个男子，就喊他“你来找我，看我在哪里”，这个男子就像瓜娃儿一样，到处找，找来找去找不到，一会儿看到她在这儿，一会儿看到她在那儿。当然你要这样解释那也有趣味，虽然美，但是不真实，真实的情况是牵涉到悼念一个古人、一个贤人，像后来的屈原那样要坚持他的政治主张，拒绝接受秦襄公的军国主义，坚持传统的周文化。

这个是真实，真实的不一定是美的，但是由于这中间有思想，因为如果按照我们革命思想，周公之礼的周文化之类，都是古老传统，都是封建主义，人家后来搞改革，富国强兵，像人家秦襄公，后来又是秦始皇就很伟大。哎呀，当然你要这样来说，传统的那些文化价值就瓦解了，诗中给我们摆在这儿的，让我们后人一代又一代地去认识它，去发掘它。所以这两首诗在主题上相同，我把它们放在一起讲，无非就是让我们多一个角度去观察我们的古代典籍。

周南·芣苡

周南·芣苡

采采芣苡，薄言采之。采采芣苡，薄言有之。

采采芣苡，薄言掇之。采采芣苡，薄言捋之。

采采芣苡，薄言袺之。采采芣苡，薄言襭之。

这首诗特别短，比前两次讲的诗短得多，题目叫“周南·芣苡”，其他地方几乎没有见过用这两个字。它们既然都是草头，我们就知道是一种植物。

“采采芣苡，薄言采之。采采芣苡，薄言有之”，如果按照当时《诗经》的古音，应该读“采（qì）采（qì）芣苡，薄言采（qì）之。采（qì）采（qì）芣苡，薄言有（yì）之”。这个“有”的古音读“yì”，这个动词“采”读“qì”。注意，它是押韵的，“采（qì）采（qì）芣苡，薄言采（qì）之。采（qì）采（qì）芣苡，薄言有（yì）之”，这个读“yì”的“有”，和这个“采”（qì）是押韵的。“之”是虚词，不靠它押韵。

那么是什么意思呢？意思非常浅白：“采采芣苡”，就是采哟采哟采芣苡，“薄言采之”就是采了还要采。就这么简单。什么叫“薄言”？“薄”就是我们现在说的“迫”，“迫切”的“迫”，四川话读“pié”，迫（pié）切。“言”就相当于我们现在的形容词“然”，文言文的“然”。“薄言”就是迫迫然的样子，就是把时间抓得很紧，就是慌慌忙忙，很迫切，这个“薄”的意思就是“迫切”。这个“薄”是个草头，本来指的是北方用草编的一种帘子，可以做门帘用，也可以养蚕，下面铺一层草席。作为名词，就叫“薄”，所以养蚕时，底下铺的席子叫“蚕薄”。现今我们作“厚薄”的“薄”用，是把名词作形容词用。“采采芣苡”，采了又采就叫“采采”，“薄言采之”，忙忙慌慌地，我去采。

你们注意，它主诉的口吻，是这个采芣苡的人。一般古代采摘方面的农事都是妇女来做，我们可以假设她是妇女，在那里采，“薄言采之”，忙忙慌慌，很迫切地去采。“采采芣苡，薄言有之”，“有”读“yǐ”，这个好像不通，采都采着了，当然有啊。它这个“有”的意思，古今意义有所不同，这个“有”就是“所有，为我所有”。你们要注意这个“有”字在这里非常重要。你好生想，如果是在人民公社的田里头采什么，你就不能说“薄言有之”，因为那个不是你的，是公家的。强调这个“有”，就是哪个采到哪个就有。儿歌唱的“鸡公叫，鹅公叫，哪个捡到哪个要”，这个就是哪个采到哪个要。你就晓得了，这肯定不是田里面的庄稼。她为什么要“薄言”，很迫切的样子？如果是一个人在那里采绝无此事，显然是一群人在那里采，各人采到各人有。对了，我们逆推上去，这绝对不是人民公社田里面的庄稼，也不是他们说的西周奴隶社会在农田里面做那个活路，如果是奴隶社会怎么能够归奴隶所有呢？如果是自己一家农民种到田里面的，她用不着“薄言采之”，她自己去收获，她可以有条不紊地去，怎么会抢着这样去？这个“芣苡”究竟是什么，就可以推测出来了：第一不是大田农作物，大田农作物不可能谁人采谁人所有，唯一的可能，是野生的！这是一种野生植物。到这个时候正值成熟了，那么一大群乡村妇女都去采，所以才有“薄言”，忙忙慌慌地抢着采，看哪个采得多，采得多就归其所有。

历来解释这个“有”都没有注意到这点。《诗经》上面从最早的权威，东汉郑玄起，就讲的是“多”的意思，就说有很多了。这不在多少，这个涉及所有权和私有制的关系，显然这个“有”是私有，所以什么奴隶社会那一套都是一种假设。我在《诗经》里面没看到半点奴隶社会的影子。奴隶那时有，从古到今，到今天都还有奴隶。很多被贩卖到煤矿去的，黑煤矿、血煤那些就是奴隶，但我们没有说现在是奴隶制社会。历史上究竟有没有这样一种奴隶制社会？因为按照原来主流说法是，先是原始共产主义，后来是奴隶制社会，再后来是封建社会，之后资本主义社会，社会主义社会，共产主义社会。这个《诗经》里面没有，没有什么奴隶制。

这里有三行，一行字在《诗经》中叫一章。为什么叫一章呢？你们注意，那个“章”字，上面是一个“音”，是指的音乐，从前的这个音乐作品要分章，就我们现在的段，比如一首歌三段，反复地唱，这个就是那样的。一段就是一章，上面一个“音”，底下一个“十”，那个“十”不是一二三四五六七八九十的意思，是每一段完了打个“十”字符号，告诉你这段完了，所以叫一章、二章、三章。

把第一章讲了，第二章就没有什么讲头了，只有这一个字（掇），四川话读“zhui”，普通话读“duō”，是什么意思？掉了一颗纽子，拿手去捡起来，就叫“掇”。我刚才说的是一种植物，去采这个植物，不发生这样的情况，不会用这种“掇”字。一株植物，一株，比如摘什么草、菜，比如摘下它就落下去，落下去也用不着“掇”嘛，因为“掇”是用食指、拇指捡起来。我们可以推测，是采的这种植物的籽实，就是它结的籽，只有采结的这个籽有时候落下去了，所以才需要“掇”，捡起来。捡起来都要“薄言”，忙忙慌慌捡起来，为什么要忙忙慌慌？你不捡起来，别人捡回去就是别人的了，所以这个更加让我们可以间接了解，这绝对是一种大农田作物以外的、野生的，而且它要结这个果实、种子的，它才会存在这样“掇”的情况。

“采采芣苡，薄言捋之”，什么叫“捋”？这个叫“捋”——从前的匪，抢人家那些太太手上戴的玉镯，玉的圈子，把手拉住，一把就捋下来，这么一捋，就是我们说的给她捋下来，“哗”一声就拉下来。要用这个动词，我们晓得了，绝不是摘什么青菜、白菜、豌豆尖这些，因为那个没有，不存在“捋”的这个动作。只有一些庄稼，比如说水稻成熟了，可以抓住它这个水稻的穗子下面，这只手“哗”就把它捋下来。可惜它又不是水稻，那就更加坐实了，是在叫“芣苡”的植物的苗架上面，把它的籽实、果实捋下来。这样，我们就像破案一样，这个圈越收越小了。

然后接着第三章“薄言袺之”，什么叫“袺”？今天的服装变了，从前的妇女上面穿的衣服，衣服前面就叫襟，一只手把衣襟捻起来，摘了往里面放，就叫“袺”。这个你就晓得了，绝对不是采，采一株草，一株什么植物，因为那个怎么可能这样呢？如果是摘整个植物的话，应该提个篼篼，丢到篼篼里，她拿衣襟，就往这儿放，一放这儿就满了。

“采采芣苡，薄言襭之。”什么叫“襭”？裙子长，把裙子底下两个手捞起来，下摆捞起来，扎到腰带上，就有这么宽。你们采过棉花的就知道，我种过棉花，也采过棉花，把围腰（裙）拿上来，扎到腰上，两个手忙着抓，往里面塞。刚才还采得少，一只手提起，用一只手这样放，后来多了，干脆把裙子捞起来扎起，两个手这样捋，而且仍然是“薄言”，忙忙慌慌地，跟人家抢。很多妇女都在那里摘，我们从“襭”跟“袺”的动作可以推测肯定是妇女了，从她的衣服上可以看出来。

那么现在我们就要说，这究竟是一种什么植物？战国时代有一部书叫《尔雅》，“尔”用在那里要读“lì”，叫“尔（lì）雅”，“雅”是指的《诗经》，“尔”（lì）就是附在上面，附在《诗经》上面的一部著作。《尔（lì）雅》我们现在写出来是《尔雅》，就专门解释《诗经》中的各种名词、动词，这个是战国时候的著作。原来还有一些说法，说是西周时代周公著的，这不可信，周公活不到那么大的年纪，因为《诗经》有些是东周以后的诗，它都要解释上面很多字，因此不是周公，那么就是战国时代。是解释“芣苡”是什么东西。

你要知道这种植物在战国时代已经成问题了，成什么问题？究竟这种植物是什么东西？《尔雅》上面解释为“车前草”。摘车前草，忙忙慌慌跑去摘，那么急迫跑去摘，是什么意思？这真是难以想象。你们没有采摘过车前草，我采摘过。车前草不是采。车前草在家常用药方面，主要是利小便，有时候，有什么膀胱炎啊，小便黄、臊、刺痛，就要摘车前草。是怎样摘？拿个竹子锹锹，要连根。车前草的根一拃多长，嫩白的，很长，直接蹿到底下，因此不可能这样采，更不可能这样捋，也不存在掇，要捡起来，那个不存在落到底下的，而且更不需要拿衣襟兜这么多，只要几株，全家熬喝那个水就够了。要让一个衣襟装满，又不是豌豆尖，要那么多来干吗，又不做菜。而且那个是泻药，不能吃多了，也不可能拿去卖，因为车前草到处都有，屋前屋后。

但是战国时代就已经说的是车前草。后来的人聪明了，看到这个诗的前面还有一个小的序，这个序当然不是西周那个时代的，是西周流行这首民歌，到春秋孔子那个时代，把它们搜集起来，搜集起来就有好多专家来传授《诗经》，为了要传授，要解释这个是怎样一回事，前面就要有一个序。这个《诗经》的序是汉代卫宏写的，这首诗前面有一句叫“和平则妇人乐有子矣”，翻译出来就是：不打仗了，女人们就想要生娃娃了。“和平则妇人乐有子矣”，给我们递了点子（透露信息），怎样去理解这首诗。所以这些人就想到车前草，就把车前草拿去抵起（当答案）。

这个冤案到明代才弄清楚。宋代有个很有名的医生叫寇宗奭，亲自做实验，中医（实验）他做了好多例，发现绝对荒谬，绝对不可能是车前草。因为他拿样试过，也去统计过，车前草对怀孕毫无帮助。不但毫无帮助，孕妇还忌服车前草，车前草能够使二便滑利，容易导致流产，所以到宋代才有专门的医学家寇宗奭，写成文章，做了实验，做了调查，推翻了，不是车前草。

那么又有聪明人出来说，说是车前草的种子——你看车前草成熟了以后，中间抽一个穗，穗上面结了很多小的籽，每颗籽只有半颗米那样大——这个就符合“薄言捋之”，因为你把它“捋”下来，有时候有些渣渣掉到地上还要捡起来。但是可惜这种说法也讲不过去，因为车前草的种子并不利于妇女受孕，更不利于保胎，其药性和车前草的植株整体一样的，主要是治膀胱系统发炎，与生娃娃无关。那么究竟它是个啥子?

车前草不是了，那么又有后人说，有一种草叫益母草，为什么要采这个呢?因为“和平则妇人乐有子矣”，不打仗了，妇女们很有兴趣生个娃娃。那么这个益母草治什么呢?治妇女恶疾。从前把这个疾，有一种不好说的，特别是妇科的，都叫恶疾。那么这就成问题了，是不是这些妇女，在这儿采的，个个都害了妇科的什么严重病症，才来这样子采?这个也很难想象的，固然有那些妇科疾病，也不至于有这么多人这样嘛，如果从前的人都是这样，那说不定这个民族早都死绝了，哪还有那么多人，现在十三亿。更不是益母草，而且益母草不存在这个动词跟这个动词，“掇”跟“捋”，益母草用不着“捋”，都不是。

这是什么呢，在什么地方有记载呢?有一部书叫《尚书》，又称《书》和《书经》。诗书，诗书——诗是《诗经》，书是《书经》就是《尚书》。

《尚书》中间有一部分是《周书》，就是西周时代的一些官方布告、领导人讲话、周公的最高指示，记下来。中间有一篇叫《王会》，记载了周天子的朝会，万邦来朝，各个地方的小国，献上他们当地的土特产。那么少数民族也来献，从前的少数民族很笼统的，因为是大汉族主义，完全站在汉人的立场看他们，东夷西戎、南蛮北狄就概括完了，没有人家单独的民族的。

西周初期是两个首都，一个是陕西的镐京，一个是河南的洛阳，后来政治中心迁到洛阳，那么洛阳的西面，从前把人家很多地方都当作是蛮夷戎狄，西边指的就是陕西、甘肃，都算在西戎后面，说西戎那边献了，给周天子献了一种土特产叫“桴以”，书上是这两个字，说献的这种东西叫“桴以”，那么后人怎样解释，这是一种什么东西?注意到它是木旁了，叫“桴以”。人们说，这里的“芣苡”就是这个“桴以”，这个“桴以”是个什么东西？在当时已经传说得非常神奇了，说是一种木本植物，上面结的果实，果实的形状像李子，妇人吃了以后宜子，容易受孕生娃娃，叫“芣苡”。这把大家都说糊涂了，这个究竟是什么东西弄不清楚。所以《周书·王会》记载这个的时候，人们已经弄不清楚，这究竟是一种什么植物了。

后来，人们终于想起了，古代的传说，传说夏禹，治水那个，禹母，他的妈吞薏苡而生禹，才恍然大悟，说这个“芣苡”可能就是“薏苡”，薏苡就是我们今天的薏仁，又叫药薏苡，又叫薏仁。薏仁是这种苗架上面结的果实，剥开里面叫薏仁。今天我们这个很普遍的，很多点心里面用了薏仁，当今的人认为这是一种补品，不仅是妇女吃，男女老幼都可以吃。为什么就是它？这是由于甲骨文给我们提供了线索。

这六个符号都在甲骨文里出现，究竟是个什么字？薏苡植株上面结的果实，有一个壳壳，把壳壳给它打碎，里面的籽儿就是薏仁，所以是“𠃊”（yì）字，在甲骨文里是“𠃊”（yì）字，多次出现。你看，如果把它写出来，位置再稍微倾斜一点，再加个“人”旁就是“所以”的“以”。“所以”的“以”这个字不是虚词，它的本意就是薏仁。你看，这个是“𠃊”（yì），加个“人”，不是薏仁是什么呢？现在的写法是有一个“人”旁一个“二”那个“仁”。从前的书上，写的杏仁、桃仁、薏仁、核桃仁都是这个“人”。所以说，你看这个“𠃊”（yì）再给它加个“人”就是这个“以”字，你们看它的笔画，甲骨文里面也有这个字，这个字也读“yì”，所以为什么这个“以”在文言文中间它的字意训用，“用也”，就是使用。为什么？是由于薏仁这种东西很有用处，所以“以”就训用，后来再加个“艹”头，就写成这个“苡”，就跟这个“芣苡”的“苡”一样的了。那么这个“芣”字什么意思呢？“苡”就叫“苡”，为什么还要“芣”呢？“芣”是它的壳壳，因为这一种薏仁收下来以后，它的壳壳很坚硬，要把这个壳壳敲开，里面才是薏仁，所以叫“芣苢”。你就晓得了，“芣”是指外面包的那一层壳。

那么摘这个有什么用呢？怎么会没有用呢，任何中医都知道，用了薏仁，作为药方配其他的各种药，大有用处。所以这个薏苡又叫药薏苡，由于是从西域、西边的少数民族那边给周天子献上来的，所以这种薏苡又叫“回回米”，“回回”旧指西方的阿拉伯人，为什么他要献？当时中原没有这个了，这样简单的东西都没有了，所以要从边远地区的西面，陕南，甘肃南部、陇南、陕南、川北这一带，当时被视为西域，这一带还有这个，就给周天子献上来。底下的人说，这个东西是补品，好得很。果然好，薏仁最大的药用是治妇女月经不调，这个跟生娃娃关系大得很。我亲自见到过，我在19岁、20岁、21岁，解放初期这三年，在报社，报社90%都是山西北部《晋绥日报》的编辑、记者，包括好多工人、管理者都从那儿来的，来时都带着他们的太太，农村里结的。到了成都以后都说，她结婚七八年了不生娃娃，到了成都后，没有几年就生了一群，这个道理非常简单，是由于他们那里营养缺乏，吃的东西完全没有办法跟成都平原比，在那里结了婚几年不生娃娃，到了成都可以生，这个才是“和平则妇人乐有子矣”。南下了，他们大家都是干部了，领导了，还衣食无忧，又有地位，吃的东西又有营养，自然就生娃娃。所以可以推测，周朝的时候，这些妇女一定争着去采这个“芣苢”。科学化验出来，薏仁中间含十七种氨基酸，在禾本科农作物里，薏仁的蛋白质含量第一，高于小麦，高于其他一切禾本科的农作物，所以是补品。原来这些妇女去摘的，不是摘的药，这种东西是补品，所以才有传说：夏禹王的妈是因为不小心把薏仁吞下去就怀了孕。不是什么不小心，她就是吃了很多这个薏仁，营养好了，晓得不，月经也很调，人也长得壮了，古代说的是“肤革充盈”，肤是指的皮肤，革是指厚的皮，允是充满了，人都胖了，都满了，盈满了，身体好了，当然她就受孕，也不得小产了。就这么简单一件事情。所以为什么这些妇女要去采，由于是野生的，不是哪一家人的，也不是公家的，也不是国家的，谁人采到谁人要，所以叫“薄言采之”，抢起抢起地在那里采，由于籽粒是一颗一颗的，采的时候要掉到地下，所以才有“掇”之，拿手指捡起来。一下就得到了解释，问题就在这儿。

这一件事情，告诉了我们一个历史知识，夏民族为什么崇拜薏苡。至今夏民族的后代有一个姓，有姓这个的，距今十年前，姓这个人的姓，说他们是夏禹的后代，还在全国哪个地方开了会，“姒”（sì），这个字的音读“sì”，姓这个“姒”（sì）的，就用薏苡做他们本民族的图腾，女生为姓。他们用这个薏苡做图腾，加一个女，“女”旁，因为最早的姓是从母系认证血统，所以加“女”旁。

为什么曾经是这样？一个很好的解释，就是距今一万一千年前，东亚平原最后一次冰期结束，这个是研究地质学的专家得出的结论。一万一千年前，我们东亚平原这边最后一次冰期结束，气温迅速上升，到距今八千年前升到了顶点，八千年前我们黄河流域再往北去，内蒙古甚至蒙古一带是植被丰茂，气候温和，很多河流，很多水，很多沼泽地带。这种状况八千年前才开始出现，导致了我们东亚所有的这些人进入了一个黄金时代，包括中华民族。

如果不是那一万一千年前的冰期结束，根本就没有中华民族，只有华南一带的少数民族，整个华北、华中这一带异常寒冷、干旱，人类无法生存，一万一千年前开始结束以后，八千年前，整个大自然，黄河流域跟黄河流域以北生机蓬勃，很多雨水，温暖、潮湿。一下就解释了为什么有象，华北平原有象，只有在这样的环境中，芣苢、薏苡才能够生长。因为薏苡是一种热带、亚热带的作物，必须要满足它的温度、湿度、光照。那么这几千年来，由于环境改善了，大量地有了这个薏苡，而夏民族就是在这个时候，在中国这一片大地上，第一个崛起，而且进入了中原。所以夏这个字在《说文解字》里不是春夏秋冬，《说文解字》你去查“夏”这个字，“中国之人也”。“中国”不是说的今天这个中国，“中国”的意思是中原，中原的人就叫“夏”，为什么呢？是因为第一个在中原出现国家形态、建立政权的夏民族，是以“夏禹”为始祖，开始了夏商周，夏以前都是传说。

不要硬去说我们的历史如何古老，因为你不能够随便把一个挖出来的钵钵、盆盆、陶器都算作文明。你要那样算，那人家其他地方的文明，有些比你还早。所谓文明，是指有历史记载出现：第一要有文字，第二要有历史记载。夏民族开始，夏朝历代的国王都有历史记载。更要早些就是传说，包括尧舜都是孔子、孟子儒家传说中间的古代帝王，没有确切记载，所以这个夏民族当时的兴起，就是由于夏民族是从西边来的，把南亚那一边的薏苡带到了中原，大量地种植。你要知道，一个民族，如果他掌握了这一个，那天下就是他的了，是因为这样好的一种农作物，男子吃了身强体壮，能打仗，人都长得高些，是不是？妇女吃了会生娃娃，他的民族的成员迅速膨胀。一个民族的兴衰跟人口分不开，人口的增加和他的饮食分不开，因此夏民族把薏苡作为图腾来崇拜。

而到后来，从八千年前以后，逐渐地气温又在降低了。降低后，整个华北平原植被再也不是那么好了，因此这个黄河流域逐渐就没有了这一种农作物，薏苡没有了，有也只是一些野生的，没有大田种植，大面积收获没有了，所以很多人就不知道这个究竟是怎么一回事。

对了，你注意，我们要回过头来说，要注意“周南”两个字，《诗经》里面这首诗是编在《周南》里面。《诗经》一开始是《周南》《召南》两个南，接着底下是“十三国风”，“十三国风”接着是《小雅》《大雅》，最后是《颂》，从《周南》开始。什么叫《周南》？周朝初期，武王把天下打下来后，前后大概四年就死了。这个天下就交给成王，成王还是娃娃，那就喊武王的两个弟弟，亲兄弟，来帮着管理国家，一个是周公，一个是召公。

这个周公，你不要听到这个名字以为是一个老大爷，白胡子，老得那样子背都直不起了。才不是，周公管国家的时候还不到三十岁，是个年轻人，而且是个了不起的诗人。《诗经》里面的《七月》这首长诗就是这个周公写的，绝不是民歌，民歌不可能有那么好的，一首概括力那么强的（诗）。周公，大政治家、大诗人。周公还有一个弟弟叫召公，他们两个就分开管。周公是住在洛阳，那么周南就是中原以南这一片地区，周公单独管，包括哪些？湖北省北部、陕西省南部，具体说来汉水流域归周公管；再往西边去，陕南那边有渭水流域，川北这边有嘉陵江流域，归召公管。那么周公管的这一带就包括汉水的上游——陕南，陕中、陕南，这一带当时气候比黄河流域温和得多，至今你去看陕南，陕南和陕北完全是两片天地。陕南这一带，比如宝鸡这一带，汉水也经过这儿，这一带都是庄稼非常好的，植被繁茂，只有这一带还存在这个芣苡。所以为什么这首诗没有出现在其他中原那边的“十三国风”里。不可能！所以“周南”两个字安在这里不是没有用的。这个诗的题目帮助我们了解，因为中原那边就不可能有这个了。

一下你就恍然大悟：为什么东汉时候，那个马援，出征交趾，就是去打越南，第一个去打越南的就是马援——伏波将军，还带着海军从海上漂过去，把这个交趾灭了，马援后来说过很有名的话“大丈夫，当马革裹尸”，就是说要死不能够死在家中妇人之手，应该在战场上，去战死，收尸就用马的皮子裹着尸体运回来，认为这样才很光荣。

马援打了仗，立了那么大的功，回来他的车上装了一大口袋，大家都说这里面装的宝石、珍珠、钻石，中间都是小颗小颗的。传说他去打越南的时候发了大财，说他弄了好多宝石，那倒是，缅甸那边就是产很多宝石，那个时候的交趾国管得宽哦。那时候，就是有那么多宝石。结果回到朝廷，上面查他，打开看，带了一口袋薏苡。因为越南那一带气候温和，不是野生而是大田种植。马援没有带其他的，就带了一口袋这个，带回来拿给他太太（作为）补品，好生娃娃的，就是这个，最后晓得他不是贪污，也不是去抢劫了人家，就是薏苡。所以郑板桥的《道情》中间有一首叫："南来薏苡徒兴谤，七尺珊瑚只自残。孔明枉做那英雄汉。早知道茅庐高卧，省多少六出祁山。"孔明说：你看嘛，人家一个好人，运了一口袋薏苡回来，结果受到那么多诽谤，"南来薏苡徒兴谤"。

这样你就知道了，为什么后人弄不清楚这个芣苡是个什么东西，这样说，那样说，而且晓得了为什么中原人不认识这个，已经都没有了，而且也晓得为什么这种庄稼只有很少的地方还有野生的。这个是野生的，那么你就晓得，前面人家加的那个序，叫"和平则妇人乐有子矣"，就说人家妇女愿意生小孩了，愿意生第一胎、第二胎、第三胎……第N胎，反正就是因为天下不打仗了，打起仗来哪个生呢？大起个肚子，连逃难都很困难，你还去生什么呢？巴不得不要受孕，不打仗了大家就生。

所以人家也说这首诗是颂歌，你仔细想也是，它没有直接说这个文王、武王好伟大，周公领导好，一句都不提，只说妇女忙忙慌慌地要去采摘野生薏仁。如果天下是暴君，不得安定，战争不已，谁去采这个？没有人采，所以这样说，也可以说这首诗是在歌颂。后人有些解释，就说这个文王三分天下有其二，行了仁政很有德。其实可能也还不是，因为就是在文王那个时代老百姓也没有过到什么好的日子，是因为要准备打大仗了，夺取天下，所以积累的那点财富都悄悄地用于富国强兵上面，没有好生过到日子。到了西周，天下也抢过来，文王早就走了，武王也走了，然后又有周公推行文教、与民休息的这种政策，这才真正安定下来，所以妇女有这样高的积极性去采这个薏苡。

还有一点，就是这首诗除了它的内容告诉了我们，野生的谁采谁有，还涉及"私有"这个"私"跟这个薏苡的关系。

战国时候，很有名的法家，荀子的两个学生，一个李斯，一个韩非，李斯得到了秦始皇的信任，当了丞相，天下文官的首领。韩非和李斯一样，也是法家，被李斯整死。韩非想要亲自投到秦始皇那儿去，是因为秦始皇读了韩非的文章以后就说：哎呀，这个人的学说正合我的这个意。法家的学说强调集体主义，坚决反对个人主义，尤其强调国家主义，一切都是国家利益，个人置之不问，老百姓不要想有什么权利，你只考虑怎样守法。所以这个秦始皇就很喜欢这一套，用了李斯。韩非也想过来，他们两个都是理论界的权威，法家的领袖，结果这个“韩非”被“李斯”弄死了。这个秦始皇就跟李斯说：丞相，这个人在哪里，我们要把他请来哦。丞相说：这个人死都死了。结果是关起来，李斯悄悄把他关起来。李斯晓得：我们两个卖的药都是一种药，买了你的药，如果你受到宠爱，我就会失宠，我的各种权、势、财富都没有了。非弄死不可！同一个主义的人整起来特别狠，倒是跟他不相关的，他还不管——他们是另一家学说。韩非这个人可怕得很，这个人比李斯还要激烈。韩非的主张，认为社会上有很多寄生虫，哪些是？第一商人，全部应该取消；第二文人，最可恨的，因为文人有了点文化，就要随便议论，妄议我们的朝政，很可恶。商人是自私自利，不爱国。

韩非解释文字，下面这种解释被认为最权威的，没有人出来反驳他。韩非说什么叫私，什么叫公？自营为私，所以说营私舞弊那个“营”，“自营”就是自己画一个圈就叫私。因为在小篆的篆文里，“私”（）字就是这样写，画一个圈就叫“私”。背私为公，你看人家这个公字，上面是“八”，“八”就是“背”，背叛他，就是反，这个“八”的意思不是7+1，也不是2×4，“八”的意思就叫“扒”，扒树皮，两边这样扒，就是反过来。韩非解释，这个就叫私，这个就叫公，公就是反私，“八”就是反，底下是私，叫背私为公。背叛了私有就是很好，就叫公，没有人来驳斥他，为什么呢？是因为小篆的那个“公”，底下确实是这样写的，上面一个“八”。他按照文字这样子解释，说自营为私，自己画一个圈圈就叫私。

你不要说，他还有点道理。20世纪50年代我在农村里看到，农民买了一挑新的箩篼回来，挑的那个箩篼，有一道手续叫号箩篼。因为家家户户都有箩篼，都一样的，要把它号一下，就打一个记号，农民怎样打呢？又写不来字，拿毛笔画个圈，因为画的圈有的圆，有的扁，有的尖，有的瓜子圈，有的尖向上，有的尖向下……就可以区别了。画一个圈，自己画的自己认得出来，这个倒符合韩非说的叫“自营为私”，自己画一个圈——这就是我的了。连阿Q在法庭上，喊他签个字（他）签不来，最后都画的圈，结果他画了一个瓜子圈，手画圆都画不来。似乎讲得起走。

因为当时没有发现甲骨文，没有人敢出来驳斥韩非的这种学说，而且这种学说，儒家的人都承认，叫“自营为私，背私为公”，这就是最早的文字学，解释文字。

后来甲骨文一发现，证明上面的全是胡说，欺骗世人，欺骗了这么多年，当作真理一样接受。甲骨文出来了，是这样写的，画的是薏苡结的果实，结在苗架上面，根本就不是什么“自营为私”，自己画一圈就是私。而且音读“yǐ”，不读“私”。而“公”也不是我们今天说的公共，说的大家、公家，不是。从前的“公”，在《诗经》里面说的，指的是“领主”。所谓为“公”，不是为你我他这些人，是为我们的某一个头。我们种的土地是在他手下的土地，种了我们要交公粮，什么叫公粮？交给这位公——大领主，因为他要收（租），他的土地租给我们，我们交的租，交“公”是这个“公”，不是交你我他、公民社会，大家都有一份的那个公。

因为这“公”的概念都没有弄清楚，而且甲骨文里面的这个“公”根本就不是“背私”，甲骨文的“公”是这样写的㕣，是什么意思？“公”的意思，古音读“瓮”（wèng），就是大的那个坛子。川南那边，内江坛子，比较大，胖的，上面一个口口，装酒的，叫“瓮”。这儿画的一只大的瓮缸、瓮坛，又画两笔是什么意思？表示有共鸣音从里面出来。一只大的瓮坛摆到那里，你把耳朵拿去听，听到里面“嗡嗡嗡嗡嗡嗡”的声音。对了，取个什么？叫“瓮”。古人说的这个叫“其名自呼”，瓮缸、瓮坛，它自己说它的名字叫“瓮”，是我们耳朵听到它里面“嗡嗡嗡”在说，所以“其名自呼”。实际上这个根本就跟“公”没有什么关系，那为什么后来称某人为“公”呢？是因为所有的容器，最大的是瓮缸跟瓮坛，特别是某些头儿，比如说像这个大的领主，他吃得胖胖的，这样肥，是有点像内江坛子那个瓮，所以称他“公”就是大的意思。因为坛子、缸子大的都叫瓮缸，是人中间的大人、地位高的，也叫“瓮”，就转成“公”。至今我们读的这个“公”字，如果底下加个羽毛的“羽”都还读“翁”，所以说这个“公”结果就是这么回事。

真相一出来，甲骨文一出来，把韩非的学说彻底推翻。所以，今天我们遇到这个字，这个“私”字，《说文解字》都没有讲清楚。《说文解字》说“私，禾也”，就是有一种禾本科植物，农作物，名叫“私”。禾本科农作物几百种，究竟哪一种没有给我们说，所以许慎自己也弄不清楚，只看见这边一个禾旁，就说它一定是一种农作物。“禾”的意思是小米，从前把小米称为“禾”，代表所有的农作物，所以水稻的“稻”都有“禾”旁。这个“私”本来的意思不是“私有”，不是英文的private，不是的，是一种庄稼的名字，这个庄稼就是薏苡，“私”就是“苡”。这边是像薏苡的形（），结了一颗，读“苡”（yǐ），这边是说它的种类属于农作物，就叫“私”。

当然问题就来了，你说这个是“苡”，怎么又会读成“私”（sī）呢？这是由于这三千年来我们读音的转变。猜想起来，你好生想，我们刚才的这两个字，按照《说文解字》，从“女”，从“人”，“以”（yǐ）声，“以”是声符。既然“以”是声符，为什么这个字不读“yǐ”，为什么这个字要读“sī”。“yǐ”这个声和我们今天“sī”这个声，在古代是一个音。古代这个“sī”的音是读“xì”，“苡”的音读“yǐ”，“yǐ”和“xì”这两个音就非常近了。“薏苡”的这个“苡”也读“xì”，那么那个时候的，像这些字读的音，既然“以”是声符，肯定读的是“xì”。为什么要这样说？

就是甲骨文中间有一条，卜辞中间有一条，商朝的国王曾经有一次想建立他的中央警卫团，在甲骨文上面连成一串的，叫“王作三师右中左”，几个字连着的。国王建立了三个师，军队那个“师”，就是这个“师”，“右中左”，右师、中师、左师，叫中央警卫团。这边右戍，这边左戍，前面是中戍。那一条甲骨文，中间的“王作三师”，这个“师”字刻在甲骨文是这样子刻的。这个一看就是“薏苡”。这个字是“”字，它读的音跟这些一样，都应该是“yǐ”，但是把它当作“师”字用，这就证明“yǐ”跟“sī”过去是一个音，这个是薏苡，这个也是，一颗跟两颗一回事。是由于薏苡中间的品种不同，有一种特别好的，结两列籽儿，上下两颗，两个包。

有一个怪事，就是这个“师”字，当然我们今天这个“师”是老师、教师，“师”字本来是军队，但是在甲骨文时代没有专门对军队这个“师”造出这个字，都是借用的薏苡的“苡”，借它的音当作“师”。然后就恍然大悟，研究《说文解字》的去查这个“师”字，东汉许慎的这个“师”字，“师”字中间的篆文我们不讲它，著《说文解字》这个许慎最可佩服的一点，他把古文的有一个“师”字记下来了，写到它底下，他没有解释。古文的“师”是这样写，一看就是一株薏苡的植株，上面结了两个薏苡的籽实。看到没有，结在上头，你就晓得了“薄言捋之”，怎么“捋”？拎着上面，一把就把它捋下来了。许慎说“师”就是这个字，许慎明明晓得“师”是军队，怎么会是一株植物，许慎也不晓得是什么植物。所以这些，儒家的这些学者最可贵的一点就是这点儿，他尊重上一代留下来的，他不懂，但是晓得：我也不得解释我也不懂，我只晓得我的老师教我，古文中间诗词就是要这样写，我也说不出道理。保留下来，让我们今天突然懂了，是由于甲骨文的“师”字是这样写，就是这个薏苡，所以后来甲骨文失传以后，一代一代的口头上都还说，记住记住，这是一种农作物，是薏苡。所以在古文就在大篆、小篆出现以前的，从甲骨文那里继承来的，记住了，赶快把它画成一个薏仁的植株，薏苡的植株的这个像。许慎虽然解释不清楚，但把它留下来了。我们做学问就应该有这种精神，不要一切以我为中心，赞成我的我就把它留在这儿，不赞成就把它毁了，如果许慎也这样做，我们就看不到这个字了。看不到这个字我们也难以解释，为什么这个“苡”字和“师”字会混得这么紧，分不开，到我们现在难以解释，所以只好从古音上面去解释。

邶风·绿衣　邶风·燕燕　卫风·硕人

邶风·绿衣

绿兮衣兮，绿衣黄里。心之忧矣，曷维其已！

绿兮衣兮，绿衣黄裳。心之忧矣，曷维其亡！

绿兮丝兮，女所治兮。我思古人，俾无訧兮。

絺兮绤兮，凄其以风。我思古人，实获我心！

卫风·硕人

硕人其颀，衣锦褧衣。齐侯之子，卫侯之妻，东宫之妹，邢侯之姨，谭公维私。

手如柔荑，肤如凝脂，领如蝤蛴，齿如瓠犀，螓首蛾眉，巧笑倩兮，美目盼兮。

硕人敖敖，说于农郊。四牡有骄，朱幩镳镳，翟茀以朝。大夫夙退，无使君劳。

河水洋洋，北流活活。施罛濊濊，鳣鲔发发，葭菼揭揭。庶姜孽孽，庶士有朅。

邶风·燕燕

燕燕于飞，差池其羽。之子于归，远送于野。瞻望弗及，泣涕如雨。

燕燕于飞，颉之颃之。之子于归，远于将之。瞻望弗及，伫立以泣。

燕燕于飞，下上其音。之子于归，远送于南。瞻望弗及，实劳我心。

仲氏任只，其心塞渊。终温且惠，淑慎其身。先君之思，以勖寡人。

今天我们要讲的是《邶风》的《绿衣》《燕燕》跟《卫风》里面的《硕人》。为什么这三首诗要放到一起讲，是因为这三首诗牵涉到距今2500年以前，一个美女一生的故事。这个美女是春秋时的一个贵族，是齐国太子的亲妹妹，她姓姜，没有名字，历史上没有记载她的名字，她是作为齐国的公主嫁到卫国来，这个卫是保卫的卫，《卫风》这个卫。后来战国还有一个魏，这个是春秋。

她嫁给卫国的国君卫庄公，所以后来历史记载她的名字就称她叫庄姜夫人，就是卫庄公的夫人，所以前面也安个庄，她姓姜，所以叫庄姜，她真实的名字没有留下来。

她的这个娘家齐国，是当时春秋五霸中间最强大的一个国家。所谓春秋五霸：齐桓公，山东；晋文公，山西、河北；宋襄公，河南大部分都是他的；秦穆公，在中原的最西边，陕西、甘肃；然后长江南就是楚庄王，称为五霸。这五霸中间，最富的、最强大的是齐国，齐国在东端，靠到海，所以在那个时候人们称它东帝，帝国的帝，秦国是在最西边，被称为西帝。秦国的武力很强，齐国的国力很强。

作为一个大国的公主，嫁到小小一个卫国来，这个卫国是在什么地方呢？就在今天的河南省的东北部，安阳、林县、滑县、淇县这一带，淇县就是卫国的首都。这个庄姜作为齐国的公主嫁到小国卫国，这样的婚姻本来就不是自由婚姻，自由婚姻在当时只有民间才可以，贵族的婚姻，特别是王族的婚姻全是政治婚姻。卫庄公为了要巴结最强大的齐国，一定去求了很多次（婚），齐国才把他的这一个公主，而且特别漂亮这一个公主，嫁给卫庄公。

结果这个政治婚姻跟美女就发生冲突，这个美女大概不懂政治，没有那个思想准备。嫁过去了，她又心想她是这样漂亮，卫庄公一定会很爱她，结果不然。卫庄公之所以去求这门亲，只是为了外交的需要，依靠一个强大的靠山。结果呢，就不理她，始终不和她同居，因此她也就没有生育，一辈子都没有。

原来卫庄公喜欢的是他下面一个用人，地位非常低的一个女人，这个女人很快就给他生了一个娃娃。卫庄公就特别宠爱这个娃娃，这个娃娃的名字叫州吁。这个娃娃从小就受到宠爱，是因为卫庄公很喜欢他的妈。但他的妈又名不正言不顺，不是夫人，连妃都不是，所以这个州吁从小就被宠坏了，深深感到耻辱，因为他没有这个名义，所以性格变得非常坏，不正常。州吁小小一个娃娃，少年的时候就喜好兵。什么叫"兵"？武器，从前"兵"字本来的意思不是什么soldier，是武器，就是爱弄刀弄枪，拿现在来说就喜欢玩点核弹、炮弹这些。在朝有大臣，其中一个叫石措的，就多次出来在卫庄公的面前指责，说那个娃儿不行，那样子搞要不得。（但）卫庄公都迁就他（州吁）。

所以在这样的背景下，这个齐国的庄姜夫人嫁过来怎么会有好的日子呢？嫁过来就受到冷遇，在冷遇中写了这首诗（《绿衣》），是因为她有文化，会写诗，这个美女还是一个女诗人。嫁到这边来了以后，受到冷遇，名分上是夫人，第一夫人，实际卫庄公不和她往来，就在冷宫里面。她在冷宫里面非常痛苦，看到卫庄公又非常宠爱这个州吁的妈，而她自己受到各种冷遇，就写了这首诗，所以这首诗每一句都是必有所指。

这个女诗人把她平时在家中穿的衣服穿起，不是正式场合，都穿绿色的衣服，因为绿色被认为是闲色，就不是正色。她熨她的衣服，"绿兮衣兮，绿衣黄里"，这件衣服是夹衣，有里子，面上是绿色，里面是黄色，有这样的衣服吗？没有。因为黄色被认为是正色，是很有地位的颜色，结果很有地位的颜色做了衣服的里子，没有地位的绿色做了衣服的面子，这是什么意思？一讲大家就明白了。它是正正派派的黄色，结果把它做了衣服的里子。

“绿兮衣兮，绿衣黄里，心之忧矣”，我好怄气啊。“曷维其已”，“曷”，什么时候，什么时候才有个完？“已”就是完。我心中好伤心啊，要什么时候这个伤心才得完，我心头才快活得起来。一来就用比喻，世间没有这样的衣服，绿衣黄里，但是这种婚姻制度就造成了绿衣黄里的现象。你看，这个诗人随便提起一件日常穿的衣服，马上作出诗来。

第二段“绿兮衣兮，绿衣黄裳”，上者为衣，下者为裳。“绿衣黄裳”不用说了，就是绿颜色居然到了上面，黄颜色被打到下面去了，当然是比喻她自己，（绿色）比喻卫庄公很宠爱的那一个女人，因为她很得势，卫庄公喜欢她的儿子。而她是夫人，第一夫人，没有儿子，当然也就没有了地位，母以子贵。

“绿兮衣兮，绿衣黄裳，心之忧矣，曷维其亡”，我心头的忧愁要什么时候才能消失，这不是死亡，是指的忧愁什么时候消失。

你看它押的韵，“绿兮衣兮，绿衣黄里，心之忧矣，曷维其已”，押的这个韵。第二段“绿兮衣兮，绿衣黄裳，心之忧矣，曷维其亡”。

第三段，“绿兮丝兮”啊，绿颜色的那些丝哦，为什么是绿颜色那些丝？是因为贵族穿的这些衣服不是做好再来染，是先染丝，先把丝染成绿色，然后把它做成衣裳，所以“绿兮丝兮”。“女所治兮”，女就是宫廷里面的那些宫女，她们所制。“我思古人，俾无訧兮”，这个古人，她说的这个古人指的是谁？历来解释《诗经》的，由于都是儒家的儒生，儒生一看到古人两个字，就认为是古之圣贤人也，都是说很了不起的，很权威的。这首诗的“古人”必有所指，“古”是“故”，“古人”实际上说的是故人，什么是故人？老朋友，她的这个老朋友是谁，这首诗里没有说，这里我也不讲，留着。她有一个非常好的朋友，因此她在宫中受到冷遇的时候，想到这个人了，把我地位贬得这样低，我想起我的老朋友了。

“俾无訧兮”，什么是“訧”？怨恨。我只有想起我的故人，我才不再感到怨恨，这个故人是个什么样的人？儒家都说这些是古之圣人，人家圣人说的正应该正，邪应该邪，地位应该分得很清。这个女人她没解释诗，庄姜想的既然地位都不合适，但是有那些古代的圣人帮我扎起，认为我还是很正的，因此我就免得去怨恨。不是说人家这个是怨而不怒嘛，就是你不要去怒。历来都是这样子讲的，讲错了的嘛。放到这儿的，后面这个故人还要出现。

第四段，这两个字的音最不好读，“絺兮绤兮”，这个读“zī”（一声），明明看到这边是个“希”，它要喊你读成“zī”，你不要跟它讲道理，死死记住就读“zī”；这边明明是个“谷”字，它要喊你读“xī”，你照着读，它就是这个音。“絺兮绤兮”，“絺”和“绤”是什么东西？都是丝旁，是一种纺织品，这种纺织品是什么东西？我们川南那边，隆昌有一种布叫夏布，是用苎麻织的，从前的人拿来做蚊帐，颜色白的。“絺”和“绤”就是这两种苎麻制品。“絺”织得要更密些，“绤”的胡椒眼要更大些，都是夏天穿的，夏天穿这个通风。但是到了秋天，“凄其以风”，风凄露冷了，天气凉了，我还是穿的夏天的衣服，说明自己处境凄凉，身边没有温暖。穿上这个外边又在吹风，秋风来了，还穿上一个线背心——T恤，当然你身体好，你不冷她冷，晓得不？这个就是她写她的处境，比喻她的凄凉无助。

“絺兮绤兮，凄其以风”，“风”的古音读“fēn”，“我思古人，实获我心”。天气冷了，好凄凉，我只有在冷宫中思念我的老朋友，“实获我心”，她把我的心俘虏去了。“获”是指打猎有了收获——我的心被她带走了。

这就是一首《绿衣》，关键就在这“古人”两个字，我们今天的人不是汉代那些儒生，不是那些老夫子。汉以后直到清代的人，解释这个“古人”都是古之圣人，就是说我心头虽然不好受，但是一想起古之圣人讲的那些道理是给我扎起的，我就有了理，所以我也能够过下去。不是这样的，因为这个“古”跟“故”过去是通用，老朋友就是“故人”。

这个第三段就有一个问题，你看“绿兮丝兮，女所治兮”，这个“治”跟“丝”两个是押着韵的。“我思古人，俾无訧兮”，“訧”就押不到，这个“訧”字的古音要读“yǐ”（三声），你看“绿兮丝兮，女所治兮，我思古人，俾无訧兮”，“訧”和“yǐ”是双声对转。何谓双声对转？声母相同，有时候音可转。

这是第一首，我们就知道已经是宫中一个怨妇，庄姜夫人在冷宫中自己写了一首诗，我觉得这是很了不起的事情。编者没有删，绝对是有这个眼光，给我们保留了一个女诗人。而且《诗经》中间能够查得到年代最早的女诗人，除了卫国后来还有一个许穆夫人以外，最早的就是这个庄姜，庄姜夫人，她就写了这首诗。用一种比喻，言在此而意在彼，说的是衣服，寄托的是她自己的遭遇。

第二首诗倒转去了，是在第一首诗的前面。她今日之受到冷遇，回过头去说，她嫁过来的那一天，有的这首《卫风·硕人》。我们不是说嘛，她是齐国的公主啊，她的亲哥哥名叫得臣，是王位继承人，这样有背景的，是作为大国的一个美女嫁到一个小小的卫国来，她是想来找她的爱情，结果嫁过来是小国卫国的一种政治需要，巴结齐国。

这个卫庄公可能不喜欢她，因为并不是所有的国王都喜欢那一种美女，恰好齐国这个美女可能跟卫庄公的喜好两个有差异，差异在什么地方？非常健壮的美女，齐国本来就是，他们那个地方，日常饮食大量的海产蛋白质，男女长得高大。这一个公主也是长得非常健壮的，所以叫“硕人”，“硕”者大也，是个大个子。而卫庄公爱的那一个，有一个伺候他的女人说不定就是个小个子，他就喜欢那个女人，那个女人还给他生了个娃娃，他又宠爱这个娃娃。不然，难以解释，为什么一嫁过来就打到冷宫里面。

你说她长得丑她又不丑，全国都说她是第一美女，因为她嫁过来的时候在卫国引起轰动，卫国那个时候首都的这些人，编一些形容她漂亮的词句，都在这个诗里面。这首诗不是她自己写的，因为她自己不可能写她自己如何漂亮，是不是？是因为她嫁到卫国这边来，而且这个婚礼搞成全国性的，都来瞻仰，大家都看到：哎哟，好漂亮的一个人。先就看到她是硕人，大个子。

“硕人其颀”，“颀”者高也，就是不但块头大，还相当高，一定不是像我这样一个豇豆那样的，人很瘦。人家长得很壮，壮美。“硕人其颀”，第一句就写了她的身材。

“衣锦褧衣”，“衣锦”，这个“衣”要读“yì”，是动词，“衣（yì）锦褧衣”。什么叫“衣（yì）锦褧衣”？她嫁过来的那一天，穿的新媳妇儿的衣服，是锦袍！蜀锦——你不要以为只有成都才有，可能最初最好的丝织品是齐国（的）。那一个地方早就是养蚕栽桑的地方，嫁过来的时候穿的是锦缎的花衣服。“衣（yì）锦”，“衣”（yì）就是“穿”，作为动词；作为名词才读“yī”。“衣（yì）锦”，穿的锦。“褧衣”，“褧”是什么？“褧”是一种白麻，这个麻我们这儿现在看不到了。旧时代的时候，成都西门出去温江那边好多麻田，有黄麻、白麻、苎麻、火麻，好多种。“麻衣”叫“褧衣”，是什么意思呢？新媳妇儿穿的是好漂亮的锦缎衣服，但是外头套一件很差的麻布衣，为什么她要这样子嫁过来呢？固然爱漂亮，穿锦衣，但是不忘本，所以面上要盖一件麻衣，叫“褧衣”。这就是说，这个女子有传统文化意识，晓得尊重古礼，晓得尊重古代风俗，古代很贫穷的时候，没有丝，没有绸，没有锦，都穿麻衣，不要忘记了，因此把麻衣就作为外衣。“衣锦褧衣”，就是说这个人很有见识，能够遵守古礼。

“齐侯之子”，她是齐国国王的女子，“子”不一定都是儿，女子也叫“子”。“卫侯之妻”，嫁过来了，嫁给卫庄公，就是卫庄公的太太了，“妻”是大太太，第一夫人，First Lady。“东宫之妹”，她是齐国东宫太子得臣的亲妹妹，都说得来路很正，很有地位。“邢侯之姨”，庄姜的姊妹都是嫁的春秋诸侯国的国王，其中有个妹妹就嫁给邢国的国王。邢国在什么地方？在今天的河北省邢台。你看，都说她是齐国国王的女儿、卫国国王的太太、邢国国王的姨妹。“谭公维私”，谭国国王结的太太也是她的姊妹。“私”字专门指的是“姑爷”，我们说的，指的男的。就是说这一个女子喊谭国的国王什么？喊妹夫、姐夫。所以都是亲戚关系。

古代的人都是很重视这个的，血缘、血亲关系，这些是她的身份。光是身份成不了美女。第二段就写她的漂亮了。

那个时候的人是怎样写的？卫国的这些人，先写她的手。“手如柔荑”，什么是“荑”？有很多植物，比如说笋子、芦笋、巴茅，很多种，那些植物到了春天，高笋之类剥开，中间嫩的那个心心就叫“荑”，非常软，所以叫“柔荑”。就是说她纤纤十指好像剥出来的山东大葱，嫩得很的。“柔荑”，先看手。这个跟我们不同，我们先看三围。

“肤如凝脂”，然后看她的皮肤，她的皮肤就像凝结的脂肪，动物脂肪，比如猪油冬天凝结了，雪白的，又有光泽。说了她的手，十指纤纤，如何漂亮，手指“柔荑”。身上的——这个在那个时候也是怪，允许这些市民编起歌来唱她的，来唱第一夫人皮肤如何好，我觉得这个还是非常解放，你看，那个时候可以胡乱说，就说的：哎呀，我们那个庄姜夫人的身上的皮肤就像猪油一样。凝脂！

“领如蝤蛴”，“领”就是颈项，不是衣领。所以，人伸着颈项望，就叫“延领相望”，伸着望，“领”就是颈项，说了皮肤很漂亮还要说颈项好漂亮。所以，你可以推测他们那时候穿的衣服一定没有像我们现在这么高的领，我们当然要领高，不然你那骨头显出来好难看。人家那个美女在古代，看的就是整个的颈部，因此一定就是你们现在夏天穿的那种圆领，他才看得到。

“领如蝤蛴”，这个“蝤蛴”是一种虫，我就觉得他们赞扬这个美女，是另有一套比喻。有一种虫叫“老母虫”，不知道你们看到过没有，在树木里面，有时候有这样长，全部嫩的，嫩得像白色象牙，半透明的那种。我们川西平原叫“猪儿虫”，木头里面打开就看得到。现代人不兴这样子比喻，好像这样比喻她很丑，但古代人质朴，人家就是那样比喻：哎呀，你看那个颈项好漂亮哦，而且长，就像“猪儿虫”一样，“领如蝤蛴”。

“齿如瓠犀”，你可以想一下，这个美女不是像后来那些死板死板的，嘴巴闭得很紧，一定经常面带笑容，牙齿露在外面，她的牙齿好漂亮，就像葫芦一刀切下去，里面的籽籽一排，雪白地排成排。“瓠”是“瓠瓜”，“瓠瓜”里头的籽籽雪白，你把它切开看，而且排成一排，她牙齿长得好漂亮。在他们卫国可以随便说这些，这首诗是卫国的民间流行的，他们把这个看成是他们的骄傲，我们的第一夫人长得好漂亮，你看，牙齿都好漂亮，“牙如瓠犀”。

“螓首蛾眉”，“螓”，有一种蝉子，蝉子有大的叫蚱蝉，还有黑色的，还有一种小的叫金蝉，只有老指拇这样大的，绿色的。金蝉的额头非常宽，所以叫螓首，就是说这个第一夫人，古人说的叫天庭饱满，额头长得好看，额头也很高，发际线也很高，长得很好看。这写得很细哦，“螓首”。“蛾（yí）眉”，这个“蛾”要读“yí”，这个“蛾”就是“蚂蚁”的“蚁”，古音不读“é”。说我们这个第一夫人的眉毛长得像蚂蚁的眉毛一样，你们拿放大镜去看，一只蚂蚁前面的两根须像山字形，两边都是这样，长眉，眉像山一样。所以卓文君也是远山如眉，眉如远山，她的眉毛就像画的山一样，“蛾眉”。

你看，但是这些美都是静态的美，马上就动态来了。

“巧笑倩兮”，哎呀，她一笑起来好漂亮哦，笑得那么巧，就不像我们笑都笑得笨，她一笑就笑得恰到好处，我们笑就傻笑，嘿嘿嘿一下，要不就像现在的女子哈哈哈就吼一声，那你还巧什么巧呢？人家要笑是有分寸的。“巧笑倩兮”，笑起来好漂亮哦。

“美目盼兮”，“盼”是什么意思？黑白分明谓之盼，所以“盼”字，你看这边这个“分”字，人的眼睛黑白越是分明越好看。只有我们这些老头的眼睛一片浑浊，黑白也不分明了，有红丝线在里面，那就丑了。人家那个眼睛是“美目盼兮”。“巧笑倩兮，美目盼兮”，你注意，这个“倩”跟“盼”都押到韵的。

前面也押到韵，“手如柔荑，肤如凝脂，领如蝤蛴，齿如瓠犀，螓首蛾眉”，全部都押到韵。这一下就转了韵了，一下就显得很活动，前面都是静态，这儿一下就动起来，脸上就笑起来了，笑起来了，“美目盼兮”，眼睛黑白分明。

黑白分明谓之“盼”，这是《诗经》上面传统的说法。民间另有说法，河南人说的那个女子在扮媚眼，扮媚眼是怎样扮呢？就是黑眼珠在眼睛里面转了一圈，斜过去。有一回我看到凤凰台美女主持吴小莉就专门演过这个，喊她表演，她表演媚眼。哦！那一下！我们四川人说的叫“丢翳子”。所以这个“盼”是这个意思，这个也可能是，因为注释这个“盼”说是黑白分明，是传统汉代的这些经师这样说的，而扮媚眼那个扮可能就是“盼”字，就是把眼珠拿到里面去转一下，这个是民间的说法。反正都很漂亮。

这个漂亮是那一天结婚的婚礼上，是因为这个婚礼是敞开的，让老百姓都来看的。这些都是老百姓在那儿看：先是说她的爸是哪个，她的姐夫哥又是哪国的国王，她的亲哥哥又是太子……老百姓在这儿谈得火热，然后接着看到她出了场，新媳妇儿出来了，在现场，大家看到了，看到就赞美她长得好漂亮，可能那个时候的习惯，新媳妇儿就是要拿给大家看。不然怎么会看得这么细？

第三段，嫁过来，从齐国嫁过来，坐的车，车在什么地方下？下车就叫“shuì”，这个字写的是“说”，音读“shuì”，叫“说（shuì）车”。至今铁路上都还在用这个字，叫“甩车”，到了哪里把哪个车厢甩哪里，叫“甩”，就是“shuì”，卸车就叫“说（shuì）车”。

“硕人敖敖”，你看她走过来了。“敖敖”就是挺起胸膛的，不是弯腰驼背的，是跨大步的，堂堂正正走来了，从车子上面下来了，在婚礼现场。“硕人敖敖，说（shuì）于农郊”，下车是在郊外，你就晓得了举行婚礼不是在卫国国都王宫里面，是在郊外，还可能很远的地方，大家围观看到新媳妇儿，从齐国那边的漂亮的车子上面下来，是在农郊下来的。这个车子，“四牡”——四匹公马拉的这个婚车。这个规格高啊。

“四牡有骄”，一下车，把马从车上解下来，这些马都很骄，“骄”是什么？高，高头大马。“四牡有骄，朱幩镳镳”，“朱”是红颜色，“幩”是什么？马衔的一块铁，两端露出来的，这两端用红色绸子挂起来，很长的绸子飘带，马车一跑的时候绸子就起波浪，走马的头上这样的效果。古人说用这个办法给马扇汗，其实也是美观、壮观。“朱幩镳镳”，“镳镳”借的音，就是“飘飘”，就说这四匹马衔的这个，衔铁两边挂的红绸，一跑起来就是这样，好好看。你看，赞美了人，还要赞美她坐的车子，等于我们今天写了某个新媳妇儿，还要写她是从什么梅赛德斯车子上面下来的，梅赛德斯车子什么样子他都要写。

“翟茀以朝”，新媳妇儿下来，要去见国王，卫国的国王，用“翟”，“翟”就是孔雀翎毛，孔雀翎毛做的大的扇了，给新媳妇儿遮阴。“茀”是打的伞，不要晒到太阳了。“以朝”，去朝见卫庄公，新媳妇儿从车上下来去朝见他。

“大夫夙退”，那么卫国的这些文武官员都在现场，看到新媳妇儿来了，都去见了国王。对了，文武官员各自退，意思是“无使君劳”，就是说我们不要一直在这儿站着，把我们的国王弄在这儿辛苦了，就让他们进去休息。就让国王卫庄公和这个新媳妇儿——齐国嫁来的，不要劳累他们了，坐车子那么远来的，让他们休息了。

然后现场还有表演，原来齐国来了一帮武士。当时这个婚礼不是庄姜一个人，庄姜带着自己在齐国的一群姊妹全部嫁过来——古代的婚姻就有这种陪嫁制度。原始人早就有这种，澳大利亚，摩尔根曾经去考察过他们的婚姻制度，有一种婚姻制度叫彭那努亚婚姻制度（现译为“普那路亚”），就是一群姊妹和一群弟兄互为婚姻。这种古代的制度到男权社会以后保留一半，就说我是国王，你嫁过来还要带着你的姐姐妹妹一起嫁过来。所以王洛宾写的那个新疆民歌就说什么“带着你的妹妹，赶着那辆马车一起过来”，就是一个农民他都晓得要喊你把妹妹一起带来，那个国王就更晓得，因此嫁过来的这一个结婚队伍不只新媳妇儿，还有那么多陪嫁的，都是庄姜的姊妹嫁过来的，全都来了，就在这个现场。这是第四段。

因为来的还有齐国的武士，对了，你就晓得，都能够表演这些，一定是在郊外，非常远。咋个回事呢？突然提到“河水洋洋”？“河”是黄河，“洋洋”表示水很大。就像是《列子·汤问》篇说的，伯牙鼓琴，志在流水，钟子期曰“洋洋兮若江河”，“洋洋”就是水很大。“河水洋洋”，黄河的水好大哦。你要意识到这个婚礼是在几月份举行的，你要注意到这儿，在整个秋季、冬季，黄河的水小，只有春夏才“河水洋洋”。

“河水洋洋，北流活（huà）活（huà）”，这个“活”要读“huà”。黄河向北流，流得哗哗哗地响。马上去查地图，就晓得他们的婚礼在哪里，距离卫国的首都非常远，大概两三百里了，在卫国的首都朝歌，即今天的淇县的东南方。都写到黄河了嘛，举行婚礼的地方就在黄河边，黄河边一定是在卫国的边境，只有卫国的边境，东面的边境，临近齐国那儿，有一段黄河向北流，“北流活（huà）活（huà）”，就在这儿的。因为那个地方在卫国的国境上，你要想，你要接人家一个大国的这个公主，那好隆重！一定是在国界上面，河南的东部，翻开地图看，黄河向北弯那一点，就在那儿举行的婚礼，那么那个地方一定有卫国的行宫。所以前面说的新媳妇儿的这个车，这个马车“说（shuì）于农郊”，对了，那就是郊外，距离首都远，而且黄河向北流。

注意，一首诗你仔细读，先就能够把地点判断出来，婚礼是在黄河边上。那么多老百姓，文官、武官全部都到国境线上去了，去接这个新媳妇儿，看到了。结果这个齐国还来了那么多武士，这些武士随着一起到卫国来，就在卫国了，是因为嫁过来的不但有公主还有公主的一群姊妹，她们要有本国的保镖。齐国的武士来了，随着婚车一起开来，这些武士就表演。所以现场不光是结婚，还要娱乐嘛，要有演出，演出给大家看。那么今天这个婚礼上的演出——捕鱼！捕鱼这个，在《诗经》里面凡是说到捕鱼往往与男女相爱有关系，所以这儿表演捕鱼，实际上就是一种庆贺，庆贺婚礼。怎样表演的？全部是齐国的武士在表演，地点就在黄河向北转弯那儿，季节是黄河水很盛的时候，春天或者夏天。

“施罛濊濊”，“罛”是一种网，大网，“施”就是放，就撒网，撒网就叫“施罛”；“濊濊”就是撒网撒出去撒得唰唰唰地响，“濊濊”象声词，就是“唰唰唰，哗——”，那些武士在黄河里面，把船架起来，好多船，一起撒大的围网，“哗——”，这样撒出去。那么多人都在那儿观看。

“鳣鲔发（bō）发（bō）”，这个“发”要读“bō”，“活泼”的“泼”。“鳣”和“鲔”这两种鱼在这儿跳，跳得啵啵啵地响，就在网里面，网一撒下去了，好多个力士周围围着一起拉，一拉出水面那些鱼就啪啪啪的。“鳣鲔发（bō）发（bō）”，你看写得好生动，象声词，施罛唰唰唰，鳣鲔啪啪啪，那些鱼在里面跳。

这时，观众在什么地方？当然是在岸上，黄河岸上。河岸上长满了“葭”和“菼”，就是河边长的巴茅草，蒹葭那一类的，“葭”和“菼”，有一种草比较细，可以拿来织成毯子的，织成席子的，黄河边上也长满了这些草，这说明观众席——坐的位置就在这儿。“揭揭”，高也，对了，草都长得高了，冬天没有的，天气暖和了，蒹葭也长出来了。还有就是这儿的“鳣”和“鲔”，这个“鳣”和“鲔”是什么鱼？古人很长一段时间说不清楚，直到明代，李时珍的《本草纲目》才把它说得比较清楚了，是一种海鱼，一种叫“鳣”，大得很，还有一种叫“鲔”，“鲔”就是鲟鱼，鲟鱼的卵可以弄出来做鱼子酱，都是海鱼。大网一拉起来，大的海鱼有一丈长，一下就啵啵啵地跳。

对了，读书要仔细，是因为关于这两种海鱼有最明确的记载，就是每年阴历三月下旬，这两种海鱼要回游到黄河里面来产卵。婚礼就是这个时候，暮春三月，河边的蒹葭、席草全部都长出来了，长得高了。

“庶姜孽孽”，“庶”者众也，姜家来的很多女子，新媳妇儿的姐姐妹妹，陪嫁过来一长串队伍，叫“庶姜”，“庶”者众也。“孽孽”，她们坐在观礼台上很规矩，守礼守法，就在那儿观看。

“庶士有朅”，“士”不是读书人，是武士，齐国来的武士，“庶士”就是来了很多，估计这个比例大概是，庄姜本人嫁到这里来，一个人至少要带十个武士，还有她的各种姊妹，每个姊妹再配两个武士，那几十个齐国的这些高大汉，身体又很好的，又会表演捕鱼的，把大网能够撒得唰唰唰的。你这些人去连网都撒不开，那个网的前面有锥子，重得很——“哗——”一下丢出去——拉网你都拉不起。那些大汉表演得这样，所以你晓得当时一定是很好看的。

诗就完了，结果《硕人》这首诗只写庄姜嫁过来的那一天，如何变成卫国的一件大事，文臣武将全部都来，还有老百姓来围观，看新媳妇儿如何漂亮。可惜了，当初这样热闹的，结果后来遭遇是冷遇，是绿衣，是“绿兮丝兮，女所治兮”，是“絺兮绤兮，凄其以风”，是凄凉的环境，都是这个美女她本身想不到的，如何落到这个境遇了，当初嫁过来的那一天是如何如何的热闹。

第三首是庄姜夫人自己写的，写得非常好的一首诗。我们前面说了"我思古人"，这个老朋友是谁？这首诗就有答案。庄姜嫁过来，第一夫人被打入冷宫，她也不是就这样屈服了。打入冷宫以后，明明这个卫庄公很宠爱州吁，爱耍枪弄炮的那个州吁，但是毕竟没有承认那个就是接班人，没有承认他就是太子。

而卫庄公既不和庄姜同居，庄姜就没有娃娃。这也许对卫庄公来说，还是他的一种巧妙外交，就是说我既要娶你齐国的公主，做你齐国的女婿，你强大你要保护我，但是我又不让你的公主在我这儿留下太子，因为留下了太子将来对我们卫国（不利）。卫庄公想到，如果我立一个太子，就是这个庄姜夫人生的，那不是今后他喊齐国的国王要喊外公，或者这样对我们卫国也不利，所以卫庄公不和这个美女同居，除了特殊性取向以外有政治考虑。

这个庄姜在这儿怎么办呢？这一个美女，第一夫人，在冷宫中很寂寞，所以她也堂堂正正，有资格去找一个朋友，找到了，这个朋友就是她的女朋友，说穿了就是同性恋。

原来卫庄公娶了齐国的庄姜以后，不同房，没有太子，卫庄公也关心这件事情，想要有一个太子，怎么办？赶快又在陈国结了一个女子来。陈国在卫国的西南边，齐国在卫国的东边。陈国在今天河南省的中央地带，就是陈州，后来的陈州，就是今天淮阳，出山药那个地方，你们看菜市场卖的山药都是叫淮山药，就是河南淮阳，就是陈州那个地方的山药。

卫庄公又去陈国，结的女子也是贵族，名叫"厉妫"。"厉妫"姓什么？姓"妫"，"妫"是河南陈国的一条河，叫"妫水"，姓"妫"就是以居住的河流为姓，姓妫名厉。那个时候姓名的书写和我们今天不同，恰好倒过来的。拿我们今天来说就是，她姓妫名厉，叫妫厉，但是在那一个时代是叫厉妫，"厉"是她的名字。

果然生了一个儿子，庄公就以为这就是太子，结果这个儿子还在婴幼儿就夭折了。厉妫嫁过来的时候还带了一群姊妹，因为妫是陈国的贵族姓，妹妹叫戴妫，戴妫不姓戴也姓妫，应该叫妫戴，就是妫厉的妹妹。妫厉的妹妹终于又有喜，又生了个儿子，生了个儿子也不能做太子，因为他是属于候补的，他的这个妈没有正式的夫人身份，属于候补进来的，不好立太子。

庄姜马上就把这个娃儿抱过来，（过）继给我，庄姜说我就把他当作儿子。戴妫和庄姜关系好，这个也是庄姜这个美女在宫廷里面既有感情寄托找到她，也有政治图谋，要和她拉拢。拉拢来，她就很乐意把娃娃过继给她，然后他就变成夫人的儿子了，就能够当太子了。过继过来了，果然当了这个太子。但是娃娃还没有成人，卫庄公突然死了，死了按照接班顺序就是这个太子，就是庄姜的义子，戴妫的亲儿子，立了，立成卫国的国王，叫卫桓公。一听到这个名字好像是个白胡子老头，其实是个娃娃。卫桓公立了才两年，是因为那个州吁，也就是那个宫女给卫庄公生的这个儿子，好弄兵，好打仗，已经成人了，他老汉一死，把一个小兄弟立起来当了国王，州吁不服，他手头有武装，就搞政变，把太子杀了，已经不是太子了，是卫桓公，杀了，他来掌国家的权，这就发生了政变。

由于亲生儿子被杀，抚养的儿子被杀，所以导致戴妫和庄姜两个结下了生死友谊，她们有共同的敌人，而且在宫中两个都是寡妇，她们相好，这种同性恋是环境促成的，不是天生的同性恋，不是基因上的，而是特殊环境造成的。庄姜也年纪轻，戴妫也年纪轻，都才二十多岁，两个人又有共同的仇人，两个人都是寡妇，原来感情就好。所以回头看《绿衣》这首诗，“古人”就是“故人”，是指的戴妫，比她小一点，地位也比庄姜低，她们两个好。

在宫廷中，这样的事情大家都知道，州吁当然是知道，他采取的第一个措施，斩断她们。州吁掌了权，下了命令，喊戴妫回娘家去，遣送回娘家。过去妇人出嫁曰“归”，回娘家就叫“大归”，“大归”就是这辈子彻底回去了，要喊把戴妫遣送回陈国。然后，这个庄姜没有办法，她没有掌到权，伤心得很，她晓得这个州吁坏，连这个都不容忍她。因为州吁还是想要防着这两个寡妇，我又杀了她们的儿子，把她们弄到冷宫里面去，万一她们在宫中搞个什么对我不利呢——把她们拆散。庄姜就表示抗议说我要去送。当然别人也不敢挡她，庄姜说我就要去。人家说这个已经违背礼制，那个时候还有礼，礼节，说你作为一个第一夫人，不能够去送底下的一个陪嫁女子。我不管，我就爱她，我就是要送，不但送了，而且公开写了一首诗，表示她们相爱。送她的时候正是春天，春天，从卫国的首都淇县就是朝歌城，向西南方才是陈国，庄姜就亲自送，送到郊外，送得很远，可能送到国境线上。

“燕燕于飞”，用两个燕，是什么意思？两只燕子，一对燕子在那里飞。“燕燕于飞，差池其羽”，什么叫“差池”？长短不齐，大小不同谓之“差池”。“其羽”，“羽”不是毛，鸟类的计量单位以“羽”计，至今喂鸽子的、喂信鸽的都说：我家喂了信鸽二十羽。“差池其羽”，“羽”就是指的鸟，鸟的身体。两只燕儿飞，差池不齐，一只大一只小，一只长一只短，差池其羽。显然这就是指的第一夫人和陪嫁女子的关系，她们是一对燕子，这不是同性恋是什么？

“之子于归”，这个人，“之子”此人，因为诗是庄姜写的，“之子”此人就是指的戴妫，“于归”，这回要回娘家去了。“远送于野”，“野”要读“yǒu”，你看“燕燕于飞，差池其羽。之子于归，远送于野（yǒu）”，野外，城外谓之国，国外谓之郊，郊外谓之野，送了很远了，到国境线上不能送了，就站着不走。看戴妫的车子越来越远去，远去，远去，远去，看到越来越小，小到一点了。“瞻望弗兮”，站在那里看，再也看不见了，那一小点一转弯消失了。“泣涕如雨”，庄姜哭，送的时候当着面她不哭，看到越走越远了，走得不见，“miang”一声就哭起来了。“泣涕如雨”，眼睛里面流出水叫“泣”，鼻子里面流出水叫“涕”，“如雨”，哭得哦，大哭，这是抗议，是唯一的办法了，她没有其他办法。

第二段，“燕燕于飞，颉之颃之”，低头叫“颉”，昂头叫“颃”，就说还是两只燕儿飞，一只昂着头，一只低着头，昂着头的那一只要回娘家去，开始她的新生活，低下头的这一只燕子说从此我就是孤家寡人了。“颉之颃之”，不同的姿态。

“之子于归，远与将（jiāng）之”，这个女子回娘家去了，很远的路，走去将（jiāng）之，“将”（jiāng）本来是从旁扶助她，就是陪着她，“将”（jiāng）在这里就是陪伴她，我陪伴她回娘家，到了国境线上已经非常远了。这个“将”要读“jiāng”，本来是帮助、协助、陪伴的意思。

“瞻望弗及，伫立以泣”，望啊望啊，望不见了。“伫”这个字要读“chù”，不是简化字的“宁”。“伫”就是停着不动。伫立，人都走了，庄姜还不知道回去，瓜兮兮地在那儿站着，起先是大哭，现在不出声只流泪，“伫立以泣”，只看见泪水流，没有发出声音了，原来哭得“miang啊miang”的。

第三段，“燕燕于飞，下上其音”，燕子一边飞，一边唧唧唧地叫。有一只的声调低些，有一只叫的声调高些。你注意，它用的是“下上”而不是“上下”，这绝对是有道理的。因为卫国的这个首都就是商朝时候的首都，他们的文化都是商文化，商朝时候留下的，看那个甲骨文，如果去打猎，打了一些什么什么东西，都是把小的放到前面，大的放到后面排列，连排名都是越小的芝麻官越排到前面，大的都在后面，重要的都在后面。连他们那个地方的诗，有一首诗叫“日之夕矣，羊牛下来”，不是说的牛羊，是说的羊牛，因为羊要小些排到前面，羊牛，这个“下上”，这些语言都是商朝那个时候的语言，含有他们那一个朝代的习俗，他们那个时候，不是说“长短”是说的“短长”，不是说的“大小”而是说的“小大”，不是说的“上下”是说的“下上”，不是说的“牛羊”是说的“羊牛”。这些都是语言中间留下了一个朝代的痕迹。“下上其音”，两只燕子叫的调子，一只低音，一只高音。

“之子于归，远送于南”，送到南方国境线上，方向就是这个方向，西南方。

“瞻望弗及，实劳我心”，劳者苦也，我望——望不见了，我心头好苦。“实劳我心”，“实”就是真，我心头真是苦啊，“实劳我心”。你注意，它押的韵是“燕燕于飞，下上其音，之子于归，远送于南（nèng）”，“南”的古音读“nèng”，“瞻望弗及，实劳我心”，这样子押的。《诗经》里面好多古音就这样保留下来了，因为它是押到韵的，我们知道在当时这个“南”就是读的“nèng”，不然诗就不会这样写。这个庄姜是有文化的。

最后一段，她公开说出来，她的古人，她的故人，她的老朋友是谁？“仲氏任只”，“仲”二妹子，是因为厉妫是姐姐，戴妫是妹妹，庄姜喊她就喊二妹子，妫家的二妹子，所以叫“仲氏”。“任只”，“只”就是“者”，是虚词，相当于“哉”，“之乎者也矣焉哉”那个“哉”。“仲氏任哉”，二妹子是值得我信任的，我信得过她，就是说分开了她爱我不会变心。

“其心塞渊”，“渊”在这里要读“yún”，二妹子的心，“塞”充实，就是说她是真情实意，就叫“塞”，“塞”就是实，实就是里面满了，不是空的，塞。“其心塞”，就是说她很实在的，她爱我她是真爱我，我爱她也是真爱她。“渊”读“yún”，而且深，说的感情也很深。“其心塞渊（yún）”。

“终温且惠”，“终”和“且”是连着用的，就是既温柔又聪明，“终温”，“终”就是既，“且”就是又，二妹子既温柔又聪明。

“淑慎其身”，“淑”是端正，“慎”是不乱来，守身如玉。我和她相爱就相爱，她回去一定不愿意再嫁了，一辈子都会想念我，我也会想念她。这个“身”就是指的她自身，就是说两个人相处那样多年，互相安慰寂寞，互相鼓励，看到那个杀她们儿子的人没有好下场，现在被强迫分开了。

“先君之恩，以勖寡人”，当初卫庄公他也晓得他对不起我，他把我冷淡了，毕竟他给我一个安慰，他把戴妫放到我身边，意思就是说我给你补偿了，你们去相爱吧。“先君之恩”，已经死了的卫庄公，庄姜说这也是恩德，如果当初他不这样安排，我就不可能跟戴妫两个有感情寄托。她全部按照真实的，大胆地写出来。

“以勖寡人”，“寡人”是庄姜自称，就是寡母，“勖”就是帮助。当初这个卫庄公把这个女子安排和我住在一起，是一种恩，当然当初冠冕堂皇地说给你安一个助手，他就只好这样说。“以勖寡人”，“勖”就是帮助，实际上这个庄公就是允许她们：你们两个去同性恋吧。

后来她还写了诗，我就不讲了。庄姜还写了一首诗叫《日月》，就是写她在冷宫的全部的痛苦，在《日月》中也是说我思古人，就是说我想念起我从前那个戴妫，我的这个老朋友。

后来这个州吁就经常到这个寡母的宫中来嘲笑她，侮辱她，挖苦她。这个州吁后来由于乱去发动战争，又和陈国打起来了，然后卫国的大臣，几个老一辈的大臣联合起来设计把这个州吁杀了，杀了后其他人被立为了国王。

这个时候庄姜已经到老年，老年了没有办法，寂寞，就要回她的齐国去。回齐国前，她在卫国的首都街上演说，公开地骂，就是说当初怎样怎样，他们怎样用阴谋陷害，怎样怎样，控诉，街上很多人来围观。她在走以前离开卫国，哭着把这个事情全部宣布出来，好多老百姓都陪着她哭。然后老太太，这个美女悄悄地就回了她的齐国去了。

邶风·击鼓

邶风·击鼓

击鼓其镗，踊跃用兵。土国城漕，我独南行。

从孙子仲，平陈与宋。不我以归，忧心有忡。

爰居爰处？爰丧其马？于以求之？于林之下。

死生契阔，与子成说。执子之手，与子偕老。

于嗟阔兮，不我活兮。于嗟洵兮，不我信兮。

这一讲我们要讲的仍然是在《诗经》“十三国风”早期的《邶风》里面的一首。“邶”（这个说是“十三国风”）曾经是一个国，这个国（时间）非常短，后来就被卫国，一扩张就把它拿过来了。

这个邶国在什么地方呢？在当时的朝歌城的北郊外，为什么（邶）音要读“bèi”而不读“bēi”呢？这是因为（在）黄河流域高纬度居住的居民，所有民居都是坐北朝南。我们有一点物理学跟天文学常识的都知道，越是纬度往北，太阳经过空中的这个黄道夹角越是低。比如我们成都在北纬31度，那么我们这个地方看见的太阳光，太阳在空中的视轨迹的高度显然比黄河流域看见的要高得多。因为越是往北面去，我们所看见的太阳越是偏南方天空走。

所以，华北平原、黄河流域，民居为了采光、采暖，必须坐北朝南。坐北朝南，那方是南，背后就是北，左方就是东，右方就是西。所谓北方就是邶（bèi）方，背后的那一方。所以朝歌城的北郊外这一片，在商朝亡了以后，最初就分为几个国，其中就有邶国，在北郊外。但是这个邶国历史非常短，很快就被卫国吞并了。但是，后来采风记录这些诗歌，是按照它原来的区域规划。因此，这首诗是卫国的诗，卫国人写的，但是叫《邶风》，是因为它流传的地点是在朝歌城的北郊外。所以里面写的事情是卫国的，也是尊重它的历史，它是叫《邶风》。

今天我们要讲的又是一场战争，一场在历史上非常小、小得不足道的战争。这一场战争由于很偶然的原因，被记录下来了。就是有了一部书，名叫《春秋》。如果没有《春秋》这本书，这一场小小的战争没有人知道了，你我也不知道，更不用说这一场战争中间的小小的一点悲欢离合——就是一个士兵，他的同性恋，这首诗记录下来了。多亏有这部历史书叫《春秋》。

所谓《春秋》是怎么一回事？孔夫子写的，从鲁隐公元年算起。为什么要从鲁隐公元年算起？孔子写的时候，他在鲁国，要根据鲁国的纪年的方式。但是他立足鲁国，写的是天下事。西周的时候在镐京那边，周幽王把西周亡了，犬戎过来把他们占了。周幽王的儿子周平王逃跑，从陕西逃到洛阳，在洛阳这边继续周氏的宗社，但是管理范围大大缩了水，就开始叫东周。平王是东周的第一个，周平王死了传给他的儿子，周家的国王姓姬，周平王的孙子叫姬林，被称作周桓王。

周桓王元年，发生了一场战争，小小的一场战争，在《春秋》里面被记录下来，《左传》接着把它详细记录下来，后来又有这首诗。不然我们怎么会知道这首诗是（发生）在那一次战争中呢？那么多事，是很难知道了，多亏有这一部历史书，就叫《春秋》，我们知道。

还多亏有一个人，他曾经整理删改《诗经》，他居然把这一首诗保留下来了。这个是太奇怪的事情，这个是写同性恋的，编这个诗的人他完全懂，他把它选进来，不害怕人家说你弄一些毒草，是不是你要提倡同性恋？尤其怪的是，这两件事情的背景都是一个人，写《春秋》是他，编《诗经》是他，这个人叫孔丘。如果没有他，我们也读不到这个诗，也不知道它的背景，也没有办法在今天来讲那一场小小的战争。所以，我们现在回头一看，觉得这个人我们要好生认识他，他一定有跟很多同时代人不同的眼光，不然他不可能把这个保留下来。尤其值得吃惊的是：这个《诗经》当中的《邶风》，这个的前面一首，只隔了一首，叫《燕燕》，上次第四讲讲过，是女同性恋，中间只隔了一首，也是《邶风》，讲男同性恋。

孔夫子绝无意思要提倡同性恋，找不到其他任何（证据）可以证明（孔夫子提倡同性恋）。孔夫子本身的事迹与他的学生，都没有记录过这个，但是他把这样的诗保留下来了，什么原因？观察这些历史人物，我们应该佩服他，他虽然并不是要提倡这个，但是他深知这是人类爱情中间的，两种现象都是有的，而且他还深知无论男女同性恋，中间的这些主角绝对不是坏人，不然他怎么会把它保留下来。这也就说明人类的现象，哪怕在那个时候没有科学知识，就是认为是人类的弱点，他也承认，既然是人类的弱点，就是曾经有过的，以后还会有，所以不能够回避它，要把它选出来。

这一首诗，就我个人来说，是加深了我对孔丘的认识。这个人有些观念，是我们赶不上的，他不是根据是非、正义与非正义这么简单的非白即黑来判断，什么合法什么不合法，什么合理什么不合理，不是那样简单。他就说哪怕承认弱点，就是人类有这个弱点，把它记录下来。这样一种胸襟，实在是了不起。

这场战争发生在什么时候？距今2753年，发生在春秋历史上的第一场战争，固然是一场非常小的战争，而且这场战争，说穿了，是莫名其妙，纯粹是一个野心家在那儿搞的。第四讲我们曾经讲到《燕燕》那一首诗，讲到庄姜夫人。庄姜夫人是一个美女，嫁过来的时候没有生娃娃，抱了一个儿子来做太子，准备要接班的。结果抱过来的，拿给另外一个太太生的叫州吁的人还把这个娃儿的父亲杀了，自己篡了位，然后把庄姜夫人打入冷宫。

庄姜，她的丈夫在的时候，曾经给她——庄姜夫人配了一个女朋友，因为这个国王晓得自己对不起这个太太，他也晓得这个太太的这个性的取向有些特殊。这一个配的女子跟着庄姜夫人生活了很多年，州吁篡了位以后要拆散她们，强迫那一个女子回娘家去，于是庄姜夫人就去送她的这个女同性恋，就写了“燕燕于飞”这首非常好的诗。

就是这个州吁，这个州吁他明明知道卫国的王位是他杀了父亲篡夺来的，不合法，国人不尊重他，他要想个办法提高他的个人威望，怎么提高？古今都差不多，发动战争，对外战争，一发动对外战争，爱国主义就有了立足点，然后崇拜国王才能够形成，州吁就是搞的这个。这一场小小的战争发生在公元前719年，夏季到秋季，短短不过两个月。这一场战争中就有了这首诗，名叫《击鼓》，现在我们进入它的正文。

从前的这些诗，本来没有标题，从前的人他们不知道还要另拟一个题目，所以就把一首诗的最前面两个字作为了题目，叫《击鼓》。

“击鼓其镗，踊跃用兵。土国城漕，我独南行。”押着韵的，现今这个（跃）音读的“yuè”。

“击鼓其镗”是什么意思？战士要开赴前线了，在国都里面有乐队，把大鼓一敲，“咚！咚！咚！”，声音很低沉的，这个音要读“镗”。

“踊跃用兵”，什么叫“踊跃”？今天说的“踊跃（yuè）”，两个字在《诗经》中的原意是什么？绝不能够以今推古，比如我们现在说的，捐款大家都很踊跃，响应某个号召都很踊跃。其实我们在这样用这些词语的时候，都没有想过最初不是这个意思。“踊跃”是什么？踊是向前面跳，跃是向上面跳，跳舞！跳什么舞？军队出师，在国门这里，要表演舞蹈。从前的舞有两类：一类文舞，一类武舞。这类属于武舞，就武装部队，体操那样，往上面跳，要横起跳，大家跳，这个叫踊跃。

踊跃干什么？踊跃用兵。什么是“兵”？这个“兵”字的意义和我们今天的“soldier”是两回事情，“兵”字的意思，相当于英文的“weapon”，武器。这个字，在《诗经》里面用的意思和当时的意思都不是指士兵，士兵这种说法非常晚。“用兵”的意思，用就是动用，用兵就是民间说的动刀兵，要打仗叫动刀兵，刀和兵两个连起说的，刀是武器，兵也是武器。

兵是一种什么样的武器？兵字的篆文就是这样写：。上面是一个“斤”，一斤两斤重的“斤”，这个“兵”的上面是个“斤”。他们现在拆成叫“丘八”，这样拆拆错了。“斤”字要单独拆，这个就是“斤”——“斤”就是一种长柄斧头，砍柴，把柴搁在那儿，在那儿砍下去就分成两个了，就叫“斤”。所以《庄子》上面说的“吾执斧斤以随夫子”，就是说那一个徒弟娃娃跟着他的师傅去伐木，要有斧要有斤，斧是斧，斤是斤，斧和斤两个最大的不同，斧是一只手抓着这么砍去，斤是两只手，你看！从上面，拿到，“哗”一下就砍下去了。

那么这个“斤”，最初是一个武器。上面虽然是一个“斤”，但是它和斧头不同，因为这个字一下就叫人产生疑问，这个明明“斤”就是斧头。你看斧头的侧面，看这面是口口，虎口，这样拿着，任何斧头都一只手，没有像这样两只手的，两只手是劈柴。结果它这个兵又不是劈柴，你们都没有看过这个，我是当过木匠，我就看过这个——木工有一种工具名叫“锛”，又叫“锛锄”，又叫“锛子”，这个“锛”就是“兵”，一个字！

这个“锛”是像一个铲子一样的，木工使用它干啥？比如一段原木还是整的，它上面不平，这一个木匠就两只手拿着这个铲、砍，是往内这么砍。那种工具现在都还叫“锛”，就是“兵”字，“兵”最早就是这种武器。你说现在是工具，古代的工具跟武器都是一回事，所以陈胜、吴广起义，拿到一把锄头都能够造反，工具也是武器。那么“踊跃用兵”，动刀兵，动用武器叫用兵。“击鼓其镗，踊跃用兵”，大家把武器拿来杀，拿来挥舞，跳起舞，士兵这样跳。

“土国城漕，我独南行”，“土国城漕”说的是两件事情，卫国招募来的这些兵，一部分去守城，守首都，“国”是“首都”，首都的城就叫国。什么叫“土国”？土是做土方，做工，做一些什么工？城墙外边挖壕沟，好多个立方，“土国”，一部分士兵就留在首都，挖战壕，筑墙垒，叫“土国”。还有一部分“城漕”，“城”是动词，到漕那个地方去修城墙，漕在什么地方呢？漕在朝歌城的东面，再往前面去就是齐国，就是今天的滑县，古代名叫“漕”。

那么这些招募来的士兵，一部分人留在首都挖战壕，挖土方，另一部分人派到滑县去，把城墙修好。滑县在朝歌城的东面，而他们要打仗的地方是郑国的正南面，方向不对，那他为什么要把人派去修呢？打仗的时候还要防着其他国家来偷袭，因为东边的齐国是强大的国家，被州吁这个暴君迫害的那个庄姜夫人娘家就是齐国。（庄姜夫人）是齐国的贵族，她的哥哥是太子，很有来头的，州吁这边篡了位，把庄姜夫人抱来的儿子也弄死，把庄姜夫人打到冷宫，当然他要防着齐国。他怕齐国那边趁此——趁州吁带着军队往南方去打郑国的时候，齐国打过来，所以赶快去把滑县的城墙修起来。这里就两部分人了，这两部分人都不上战场，当了兵，只是做这两件（事）。

“我独南行”，只有我最倒霉，派我南征，因为他们要去打郑国，郑国在今天的河南新郑。翻开地图看，朝歌城的正南面两三百里，要到那儿去。人家运气好，留在后方挖土方，累是累，没有性命之忧，只有“我独南行”。这个“独”字用到这里，它表明这个不公平，就把我弄去送命。

那么他们的军队就要出去，军队的首领叫孙子仲。“从孙子仲”，“从”就是我们跟着、在他领导下，孙子仲就是当时的将军，带着这个“我”，注意这个“我”就是诗人，就是我们这首诗的一个诗人，不是作家协会拿钱的，是一个士兵，写了这首诗留下来。我们连他姓名都不知道，这首诗留下来了。他就交代：我们的将军是孙子仲，姓公孙，“子”是尊称，“仲”是老二，就是公孙老二当我们的将军。他名字就叫公孙老二，在后来写进《左传》里面叫公孙文仲，加了个“文”。这个“文”，人家一考察，是（他）死了以后，美化他，加一个词，给他加了个“文”，就是公孙老二，姓公孙。我们今天还有很多姓孙的，多半都是原姓公孙，复姓。

这个孙老二就带着我们出去了。先去干什么？“平陈与宋”，这个“平”字的意思和我们今天用的迥然不同。我们今天用的“平”字，是去把哪里给它平了，就把它灭了，踏平了，这个上面不是。《诗经》那一个时代的语言习惯都跟今天不同，《诗经》上面每一个字不能够按照今天的意思讲，按照今天的意思讲，就是先去把陈国和宋国踩平，都不是。

“平”这个字的意思就是“姘”，要读“pīn”，“姘陈与宋”。什么叫“姘”呢？一男一女住在一起，叫“姘居”。如果不是男女呢？是几个国家来搞统战联合的，出去先把陈国统战了，然后又去把宋国统战了，那么谁去做这个？就卫国，它出的兵，去把陈国拉拢，拼合起。这个“拼”和这个“姘”都一回事，看到没有？两个“pīn”，就我们说的，反正把它糅在一起就叫“pīn”，就把陈国拉进来，也把宋国拉进来，还拉了一个蔡国，都被州吁这个卫国拉来了，四国联军。四国联军去打谁呢？打南方的一个大国，叫郑国，郑国当时还相当强。这个孙子仲将军领导我们，上面就是那个篡了位的国王州吁，他要生事，制造国际战争，好巩固他的合法性，让老百姓相信他用兵如神，伟大得很，于是“我”也就去了，这样就上了战场。

“不我以归，忧心有忡”，什么叫“不我以归”？这些语言习惯和我们今天有点大不同。“不我以归”，就是不给我们一个归期。原来打仗，总要说：大家去，现在夏天，到秋收以前就能够回来，还给了个日期。这回“不我以归”，不告诉我们什么时候打完。所以篡了位这个州吁，为什么说他暴君无道啊？从前这些打仗先要给士兵交代清楚，多久我们就回去。他居然不说！“不我以归”，不给我们一个归期。“忧心有忡”，我心头就非常忧虑，兵凶战危，一打仗就要死人，我怕死，我“忧心有忡”，觉得我心里一天到晚不得安宁，“叮咚！叮咚！”地这样心头跳，就是我们现在说的怔忡，自己都感受到心头忧虑，跳得咚啊咚的。

“从孙子仲，平陈与宋。不我以归，忧心有忡”，这第二段也是押着韵的。就这一个战士，这一个诗人，满怀忧虑、恐惧，南征去了，去打郑国去了。

“爰居爰处”，这个“爰”有两个用法：正面用就是“爰”，我们现在说的“于是呢”，于是呢就居，于是呢就处，这是第一个用法；第二个用法，疑问用法，就是在哪里居，在哪里处，我们到何处居啊？爰居。我们到何处处啊？爰处。这是问话。

“爰丧其马”，“马”要读成“mǔ”，我们在什么地方把马匹丢了？看来这么简单，谁都懂。但是我告诉你，这个《诗经》，如果不是汉代的小毛公，加传给它解释，我们真还是不懂。《诗经》（的）《毛传》解释“爰居爰处”，用了四个字“有不还者”，是什么意思？就是说这一些士兵，有一部分回来不了了，回来不了就叫“爰居爰处”。

然后到东汉郑康成（郑玄）又加以笺注，说“有死者，伤者，病者”，用这个来解释“爰居爰处”，一下你就懂了。在什么地方居呀？是什么意思？打仗不是喊你在前面，你就居留，你就住下来，那算什么，不是这个意思。凡是带了伤，全部都有，都要住下来，住在什么地方？野战医院。这个“居”不是像我们今天住下来了。在什么地方住下来？在什么地方处？这就怪了，有了居为什么还要处？“处”是尸体埋在何处。

伤员安顿在何处？爰居。死者埋葬在何处？爰处。“爰丧其马（mǔ）”，在什么地方我们把马匹丢了？这三个问话都是他的——“我”，诗人。注意，他的身份就出来了，他跟马匹有什么关系呀？从前的人，不是骑在马上作战，春秋时候不是。为什么要有马？战车的马，一辆战车一匹马。他在关心：我们的马丢在什么地方了？他不是普通的战士。春秋时候的战车，马拉着战车，战场上打，是有制度的，一辆车三个甲士。

什么叫甲士？身上穿铠甲的，保护身体，三个坐一排。战车非常轻便，非常小，坐得很挤，后面就没有了，前面一匹战马，车上三个甲士武装起来，披上铠甲。右边第一个驾驶员，控制马的，中间一个，左边又一个，除了驾驶员以外，还有这两个甲士，这个“我”就是这两个甲士中间的某一个。这就不是一般的兵了，因为一辆战车除了三个甲士以外，三个甲士中间一个驾驶员以外，还有七十二个步兵，一辆战车在前面冲，左边二十四个士兵——步兵，跟着跑，右边二十四个，背后二十四个。三个二十四，七十二。

七十二个步兵护着一辆战车的后面和左右两面，那么一辆战车（跟随）的人就七十几啊！如果按照现在来算，恐怕这个就叫一个战车连。那么那两个甲士中间可能就一个连长、一个副连长了。一个连，现在好像只管九十个还是好多，我也弄不清楚，各个时代不同。一下就晓得了，他是甲士，穿铠甲的，甲士和普通士兵不同，甲士是专业的，就是职业军人，步兵这些是临时招募起来的。所以你就晓得他是一个甲士，一定有一定的文化修养，不然怎么能够写得出诗呢？

那么这里问的，什么地方我们的伤兵居留下来了？什么地方我们的死者埋葬了？又在什么地方我们丢掉了马匹，我们到什么地方去找？

“于以求之，于林之下（hù）”，“下”要读“hù”。你听我念“爰居爰处，爰丧其马（mǔ）。于以求之，于林之下（hù）”，我们在树林里面，找到了我们的伤兵在那里住着医治，找到了我们的战友埋在那里，也在树林里找到了我们战车的马匹。古代作战，华北平原这一带，显然，你的军部、司令部不能够留在平原上，平原四面受敌，不安全，都是靠着山，又不能够在山上，（就在）山脚底下的树林里。

山脚底下，都有很多很多的树林，中国人为这个专门造了个字——上面是个林子的林，底下是一个鹿，长角的那个鹿子——“麓”就是山脚下的森林。那么，过去在平原上打仗，军部、司令部、野战医院，全都在这个树林里，因为第一便于隐蔽，背后用不着防敌了，监视着前面；第二，地势高一些，居高临下看得远，好冲锋下去。终于就找到了，是由于当初军部就在这里，马也就在这里，在战场上我们打了败仗，马匹跑了，找不到了，丢失了，马知道回到它原来住的营盘，在树林里面，野战医院也在这儿，就这儿的，有伤兵，我们的伤兵都在这儿，死者也埋在树林里，马匹也回到树林里了。

“于以求之”，到哪儿去求，谁去求？就是他——“我”，这一首诗的主角。“我”去找到他们了，“我”找到我们的伤兵，找到我们的死者，找到我们的战马，都在哪里找到了？树林下面。打了败仗了，因为它这个战争本身，州吁发动的，没有什么道理，前面打了败仗，后面他们还真的打到了郑国，就是新郑，（把）郑国的首都包围了，包围了五天都没有打进去。什么原因啊？卫国这边，就是这四国联军的头，有一个很老的大臣叫石措，石措反对州吁篡位，但是又不敢公开，趁州吁带着军队打了败仗以后，又结合起来去围攻郑国首都的时候，石措潜入军队，去给陈国、宋国那边的军人做工作，说这个仗不能打，必须把我们国家那个暴君杀了。因此就用阴谋，就在围城还没有打进去的时候，州吁被杀。州吁一（被）杀，这儿马上就喊：哦，回去了嘛！这儿战争也就结束了，士兵也愿意。

因此，整个战争就是夏末秋初，不到两个月。这是春秋时期的第一次战争。后人说春秋无义战，这个战争实在说不上有什么正义性，都是州吁为了他自己掌握江山，为了他自己把军队一下统领到手，故意发动的，幸好卫国还有那些老臣，像石措这些，都是上一辈的老臣，想到办法把他谋杀了。

完了，战争到这儿就完了。但是“我”和他的那些战友还没有参加围城之战，是因为他们中间已经死了很多，埋了。还有好多住到树林里养伤，回不去。只有“我”，“我”还是好的，“我”来找他们，找到了，原来就在我们的树林里面，原来在司令部这儿。

注意，第四段突然就没名堂地一下子宣誓，“死生契阔”，死也好，活也好。“契”，两个人合拢也好；“阔”，两个人分开也好。“与子成说”，历来的解释：我和你说定了，我们今后要经历这些困难。他对谁说的？这个“我”对谁说的没有任何交代。

历来的解释，关键就在这儿，说的这一个士兵对他的家人、对他的太太说的，就“我”，“我”一定“与子偕老”，我们要过一辈子。这就怪了，这个在战场上，家属怎么能够来啊？你也没有写。他，究竟这个话是对谁说的，历来的解释，他对他的太太说的。其实他们心头都明白，这首诗只有这样解释，才能够把同性恋的真实性掩盖起来，因为古人一般认为那些都叫丑闻，不像我们现在有科学观念。所以生拉活扯，这样子扯着说，明明太太又不在现场。

他对谁说？你注意，他要去找他的马，是因为他有责任，他是连长，战车连的连长，他还要去找他的战友，是因为他是军官，这个是他的工作。他把他们找到了，然后突然就说了这个话，唯一的解释就是其他两个甲士中间，要不是副连长，要不是驾驶员，和“我”是有恋爱关系的。

找到了，他对他说的，“我”对他，那一个他说：死生不管，今后还有什么事情，死也好，生也好，都要相爱，不管是契也好，阔也好，都要相爱。

为什么契就是合拢呢？从前你们骑自行车的时候，去寄放自行车，都有一个竹子片片，中间划开编了号的，拿一半给你，就分开了。什么叫契？把两张一合拢来，好，OK，你就骑起走，所以叫“契约”，是两张可以合的，契就是合，阔就是分开了。那么就不管，今后我们在一起也好，不在一起也好——你看他说了几个状况——死也好，生也好，能够在一起也好，被隔离开也好，“与子成说”，我和你就说定了。历来的解释说成就是完成，说就是说话，我早就跟你说定了。说这个话，这种解释，很可能是有意掩盖，因为“成说”这两个字不能够这样解释。

第一，这个“说”就不是说话的说，这个“说”就是《论语》里面“学而时习之，不亦说（悦）乎”——这个“悦”，喜悦的“悦”，就是这个“悦”，根本就不是“说”字，要读成这个“悦”，“悦”就是心头喜欢、高兴、快活。“成”是什么呢？“成”也不是历来解释说的“既定”，就我早给你说过。不是的。“成”是这个“诚”，无论“死生契阔，与子诚悦”，我和你真诚相爱，指的就是你，这就是说，无论死生，我都很爱你，无论活在一起，还是分开了，照样成悦，我是真心实意，我们两个是真心实意相爱，叫“诚悦”。

这就是“子”，“子”这个字我们今天读的都是“子”，这个字的古音读“nì”，“子”的古音是读“nì”，就是第二人称，现在我们写的“你”，“与子成悦”，就是和你真心相爱，古音就是“nì”。你怎么会知道“子”字的古音就是“nì”，你又没有生活在古代，你怎么知道它读“nì”？我们有办法知道。《说文解字》对姓“李”的那个“李”字的解释：“从木。”“从木”就是说，有一种树子名叫李，李子树，从木，子声，子是声符。为什么这个字又读“nì”？唯一的解释，当初在造这个字的时候，“子”字的古音就是读“nì”，所以字才这样造的。那么知道了这个古音，一下我们就通了，两千七百多年前，就跟我们今天一样的，这么简单：和你真诚相爱，“与子成说”。

“执子之手，与子偕老”，我拉着你的手，给你宣誓，我和你过一辈子。这一段是变了两个韵的，“死生契阔，与子成说。执子之手，与子偕老”。这哪里是在战场上对他的家属讲的，家属不可能过来，就是他的战友，跟他有了恋爱关系。推测起来，要不他是副连长，那个就是正连长，要不就他是正连长，那个就是副连长，因为他们两个有这个职务，要去找自己的战士埋在什么地方，住在什么地方，养伤在什么地方，自己的马匹要去找回来，不然赔偿不起，所以他们的身份就推断出来了，是职业军人。

想来也是，一辆战车上面，他们这三个披甲——铠甲的勇士，拿起长的矛。古代的战车是互相这样撞，春秋时候的战车，每一个车的左右轴伸出去这样长，专门拿来撞的，像我走这边冲过去，你走那边（冲过来），两个车子“嘭”一撞，如果你那个车子驾驶不稳，一撞就撞翻了。我这儿又有长的矛，所以战车和战车两个互相冲撞，不是对面，是向侧面，这样的侧面冲撞！古罗马的那些骑在马上的战士也是这样的，侧面过去，一下一个刺刀就刺过来。

这个同性恋的说法不是我说的。三国时候有一个研究《易经》的专家叫王肃，给《易经》做过解释，也给其他的一些经书做过注解，是有学问的人，是他说的。幸好到唐宋至明清历代编《十三经注疏》，把过去的各种说法——互相不同的说法都保留了一些，我们才知道。

王肃就说，他们也要仿效人间夫妻，同居同处，执百年偕老，显然指的就是这两个甲士，这个就是同性恋。王肃的这种说法，为什么会留下来，留到清代都还会有？是因为他很幸运，他的女儿，就是晋武帝司马炎的妈妈，由于他有这种特殊地位，王肃的一些著作就留下来了，包括他议论《诗经》的这种观点也保留下来了，到清代都还留着。清代编《十三经注疏》，把这种说法——只有一句，插到里面来。所以这种说法不是我在这儿想些来说，王肃早就说过。

《诗经》研究是一个集体的事业，从古到今，一代又一代。看到他都这样说了，我才有勇气附和他这个说法，如果没有他那个说法，我也不敢这样子讲。实际上，古往今来，特别是到宋代朱熹著《诗集传》的时候，把所有这些说法删完，全部用他的说法，那就是没有这些了。没有这个事情，历史的真相就没有了。

你看它押的这个韵，“死生契阔，与子成说”，说（yuè）！这是古音。“手”要读“sāo”，跟“老”押着韵。这四句“死生契阔，与子成说。执子之手，与子偕老”，我请石地先生去给我查，因为我记得张爱玲的某个小说里面引了，果然他去查到了，就是《倾城之恋》。《倾城之恋》是写男女恋爱的，引了这四句。后来我又看到我们这边作家，有些虽然不读《诗经》，看人家张爱玲都在引这个，于是他写的啥子小说男女恋爱，也把这个引上去。这些究竟怎么一回事，连张爱玲都没有去查这个原作，只是可能张爱玲小的时候她爷爷给她讲过，她爷爷自然是按照老一套讲的，说这个士兵是给他的家属说的，所以她才把它作为（描写）男女恋爱的。结果不是真相，更不用说我们这边的作家了，那都是跟着人家跑，看人家都在引他也去引，连意思都没有懂。

这不是都赌了咒的吗？但是战争一结束，这个“我”是卫国的，复员后要回到卫国去。注意是四国联军！跟他相好的那个战友就不一定都是卫国的了，万一是陈国的、宋国的、蔡国的呢，那就要分手了，要拜拜了，各回各的屋。

果然他们分开了，“于嗟阔兮”，“于嗟”，叹息，哎哟喂。哎哟喂，“于嗟”，分隔开了。那么如果他的那个对象是陈国的、宋国的、蔡国的当然就分开了。哪怕就是卫国的，卫国那么大不在一个地方，也还得要“阔”，要分开。“于嗟阔兮”，叹息哟，叹息哟，分开了。“不我活兮”。他和他这个男朋友当初分开的时候，是有约会的，说我们某月某日到哪里来聚会，我们不能够这样子就了了。“于嗟阔兮，不我活兮”，这个“活”要读“huō”，意思是会面。哎哟喂，分开了，分开了，隔离开了，他不来跟我见面了，“不我活兮”。“阔”“活”（huō）都押着韵的。

“于嗟阔兮，不我活兮”，分开了，后来我按照约会的时间、地点去等，他不来。这些小小的痛苦，如果没有这首诗，两千七百多年后，我们怎么会知道他会有这些痛苦呢？如果这首诗，一下删了，这个小人物的痛苦我们也就不知道了。如果《春秋》不记载这一场战争，我们光读这个诗，也不知道它究竟发生在哪一个时候，很多东西都不可考了。无论走哪个渠道，记录历史，编撰诗歌，都碰到孔夫子，他让我们知道了这么一回事，一个小小人物的痛苦：他在那里等啊等啊，等他的这个男朋友来，不来。“不我活兮，于嗟阔兮”，可叹可悲哟，分离开，再不来跟我见面了。

“于嗟洵兮”，这个“洵”字的本来意义，在《诗经》中间多次用到，就是真、真正的意思。《诗经》里一首诗中有“洵美且异”，就是真的很漂亮。但是用在这里，因为《诗经》那一个时代，他们往往用代替的字，另一种版本不是三点水这个“洵”，而是这个“询”，“询”就是询问，你看嘛，前面说了，他失约不来，我在这里等，等了他不来，不来我就要去问他。

“于嗟洵兮”，可悲哟，可叹哟，我去当面问他。“不我信兮”，“不我信”是什么意思？是不信我吗？不是。“信”字的古代用法不是这个意思。凡是失信于我，对我不讲信用就叫“不我信”。就是说，你对不起我，你骗了我，叫“不我信”，你失信于我。当面去问了，结果对方的这个回答就使他非常痛苦。对方反悔了！我们也可以理解，有些同性恋是在特殊生死交关的状况下，两个人同一辆战车，同一个命运，很容易产生这类感情，当时确实也是很相爱，但是各自回家以后，说不定他那一个副连长回到村庄就爱上了其他一个女子，有了那个爱，填补了他的这一头的这种失恋，也就过了。后来看到他的这个男朋友又跑到村庄头来找，那就只好说对不起，我失信于你了，我已经有了一个漂亮女子，我跟她相当相爱，都快结婚了。

你想，这一个“我”在这首诗中间，最后是怎样的失望？！它没有说。诗是很含蓄的，没有说再写一段。我们现在写，就要跳楼，要喊中央台的人来，把他那个男朋友找来。他要写啥子诗嘛，就算了，就没有了。所以这个时代还有什么诗嘛，就没有了，大家都是这样子弄，还有啥子诗呢？他说了他就不说了。像这类痛苦对于他来说就是终生的了，终生不忘的了。这样的诗让我们心中挂念着，2736年前的一个小军官，他的恐惧，还有打了败仗的各种艰难，他去寻找战友，找他的战马，他和他的男朋友曾经怎样相爱、宣誓，最后又怎样失望。就没有了，一首诗就完了。

孔夫子说的诗还可以怨。这就叫怨，怨而不怒，不是怨了马上就要求什么对方赔偿好多，还要损失费。算了，那样一弄就没有了诗。多亏这样的一首诗给我们留了下来，让我们知道，哦，原来古代就有这一现象。孔夫子尚且容忍，说这是人类的弱点，那今天的这些遗传基因就找到了，因此还可以作为一种权利了。那这个就是只能够反证说，其实孔夫子有些看法比我们高明得多。哪怕你就是人类的弱点，它是真实的。他不是骗子，他的痛苦是真实的，他的怨是难以解释的，是没有办法解脱的，就是痛苦。这首诗也很短，讲到这里我们就讲完了。

陈风·泽陂

陈风·泽陂

彼泽之陂，有蒲与荷。有美一人，伤如之何？寤寐无为，涕泗滂沱。

彼泽之陂，有蒲与蕳。有美一人，硕大且卷。寤寐无为，中心悁悁。

彼泽之陂，有蒲菡萏。有美一人，硕大且俨。寤寐无为，辗转伏枕。

我们开始“诗经点醒”的第六讲。这四、五、六三讲：第四讲是爱情诗，写的是女同性恋；第五讲也是爱情诗，写的是男同性恋；接着这一首第六讲，是《陈风》的《泽陂》，写的是失恋的痛苦。《陈风》是“十三国风”中间非常重要的，这个《陈风》大概有十首，其中就有六首都是爱情诗。

这个和我们今天想象的河南人的状况迥然不同。古代河南气候要好得多，水要好得多，灌溉要好得多，庄稼也好得多，所以在春秋战国时，陈国是一个大国，而且是强国。陈国的地理位置，在今天河南的中部，河南被称为中原，陈国就是中原的中原，是现在的淮阳县。从前有一个旧戏，叫《陈州放粮》，是写河南发生饥荒，包拯到陈州那里打开粮仓救济百姓的事情。

现在这个淮阳，古代的陈国首都，无足称道，在全国大城市中间简直排不上，但是在春秋时代是中国排得上名的大城市，它要占到前十名中。所以古今的变化非常大，现在你们到菜市场去，看卖的那个山药，就是他们淮阳的，所以叫“淮山药”，就是出那个山药，没有听到说还有什么特色。

春秋时候的陈国，是很繁华的，所以有那样多爱情诗，也就容易理解了。我们拿今天的状况来比较，越是先进的城市，里面爱情事件越是多，像成都这样一个繁华的城市，每个小区每天都在发生爱情事件。所以古代的这个陈国和我们今天的淮阳是差距非常大的。

这首诗的名字叫《泽陂》，“陂”读“pī”。我忽然想到这个《诗经》虽然也是诗，但是我们讲《诗经》，实际上根本不是在那里欣赏一首诗。因为这个《诗经》的诗和唐宋以后的这些诗有极大的差别，唐宋以后的，直到我们今天的新诗都可以说是欣赏，唯有这个《诗经》不可以说欣赏，为什么？是因为它跟我们的历史距离太远了，我们想要把它读懂都不容易，那么就是大部分讲解《诗经》的都是在讲解《诗经》的文意、语义和背后的背景，实际上不是在那里欣赏诗。

比如这个“泽陂”，两个字构成了一个词，这就是中国从古代组合一个词构成一个概念，或者名词，或者动词，往往中间就有复词，所谓复词就不是单词，比如这个“泽”和“陂”就是个复词，“泽”是指的水泽，水泽是水，水体的那一个部分它叫“泽”，那么其中大的湖泊可以叫“泽”，沼泽地也可以叫“泽”，一般的容纳水的一个空间也叫“泽”。“陂”指的不是水那一部分，指的是水周围那一圈的堤埂。

“泽陂”，“泽”是水，“陂”是土。“陂”是土，所以这边这个“阝”是一个“阜”，安徽有个地方叫“阜阳”，“阜”是土的坡坡，三级台阶。“泽”是水，“陂”是土，一个词两个不同的意思，结合起来才构成一个在英文中间只要一个单词“p-o-n-d，pond”，中国不是，不是那么简单一个单词，是复词，把“泽”和“陂”结合起来。

你会觉得非常奇怪。一点都不奇怪！这种组词的方式直到我们今天都还在用，我们时常用的“池塘”，“青草池塘独听蛙”。“池塘”两个字就是复词，“池”是“池”，“塘”是“塘”，“池”是水体部分，“塘”是水体外面的堤，所以“塘”又叫“堤”，“堤”又叫“塘”，“堤”的作用是把它挡着，所以我们说“搪塞”。“塘”和“堤”变成动词就是“抵挡”，“抵”和“挡”，我们说“抵挡”，“挡”就是“塘”。所以这个，说是讲诗，哪是在欣赏呢？我们是在讲构成一个词组是两个单词。我们祖先就是这样，一直到今天我们都还在这样用。它不相等，“泽”不等于“陂”，“陂”不等于“泽”，“池”不等于“塘”，“塘”不等于“池”。如果要说有什么文化特色，也许这个就是特色，要用两个字来组合。

那么这首诗我们就进入正文。

“彼泽之陂”，你看，第一句它就把“泽”和“陂”分开了的，那个泽的陂，那个水体周围的堤埂。“有蒲与荷”，这就成问题了，那我们现在这个讲来就不通，是因为这个菖蒲也好，荷叶也好，都是生在水体里面，不是生在堤岸上，你“彼泽之陂”，那一个水泽的岸上有蒲与荷，这样就讲不通。那么要怎样讲呢？站到这一个水泽的堤岸上，能够看见水泽里面的菖蒲与荷花。其实很多池塘你都看得见，水深了的地方不长菖蒲，菖蒲长在水浅的（地方）。

一个池水，中间深，周围浅，因此走到某一个池塘，特别是野外的，不是公园里面加了人工的，池塘周围会经常长满菖蒲。菖蒲是五月端阳挂到门上的，一边艾，一边菖蒲。为什么要挂到门上？（菖蒲）叫蒲剑，它是尖的，尖刺的，这样子长起的。这一个水泽周围长了很多菖蒲，荷叶在里面水深的地方，荷叶就在那儿出来。那么这一个“有”，显然是指的站在这个堤埂上，看见有这个。

你要注意这里，有两个词很容易被忽略了，一个是“彼”，一个是“有”，“有”的意思是存在，确实有。“彼”是那个，而不是另外某一个，不是假设的一个水池，是确定的某一个水池，这就注定了这首诗的真实性，所以它非要加一个“彼”，就是确有，再加一个“有”，确实存在。我们后人写的诗，不一定看到什么才写什么，他可以想象的。《诗经》中间不行，所以就是这个诗本身古今的意义都不同，诗这个字按它的语音、语义去追溯，有记录的意思，那么就有写实际存在的东西。这个很重要，这一条，就是这个“有”跟这个“彼”。

那么，除了有蒲、有荷，还有，你看，“有美一人”，有个美女，她在什么地方，你要注意，是在“陂”，不是在“泽”里面，“泽”的周围那个堤埂上站了一个美女，这是实际存在的。你注意，“一人”，确实只有她一个人，有一个美女站在那个水泽的堤埂上，水泽里面有荷叶，有菖蒲。

“伤如之何”，对了，按照这样顺着讲下来。“伤”是悲伤，谁悲伤呢？就这个美女，历来讲解《诗经》都是这样子顺着讲下来。对了，我们就晓得了，有一个美女站在那个池塘的堤埂上，站在那里很伤心。“伤如之何”，伤心到什么状况？“寤寐无为”，伤心到她睡着了，醒来了，睡着了。“寤寐”是个复词，“寤”是“寤”，“寐”是“寐”，“寤”是醒来，“寐”是睡着了，意思就是白天夜晚——夜晚你要睡嘛——白天夜晚，无为，啥都做不了。

这就成问题了，这一个美女瓜兮兮地在这个堤埂上站着，又是白天又是夜晚，一直在这儿站着。“无为”，是“无为”嘛，她能够做什么？这中间就有问题了。特别是“寤寐”两个字，你注意“寤”和“寐”两边都有床，你看左边这个字是搁的一架床，这个也是一架床，床要转九十度你才看得到。这个堤埂上哪有这些？所以按照这样子讲就不大通了，说这一个美女醒来也好，睡着了也好，啥都做不了，为什么做不了呢？她一直在“涕泗滂沱”，从这里（眼睛）流的叫“涕”，从这里（鼻子）流的叫“泗”。

我告诉你，“泽陂”就是“池塘”两个字，“陂”就是“塘”，

“泽”就是“池”，古今都一样的。这个“泗”字，就是鼻子里面哭起来了，流出来的就是，你看象形字，两个鼻孔里面，民间叫“双龙出洞”。你就晓得了，古人造一、二、三，是数的指拇，一根指拇、两根指拇、三根指拇，从四起就没有专门造过数目字了。从四以后所有的数目字，当初都是借用来的，完全与数目无关，比如这个“四”字，单独造这个“四”字只是为了表现双龙出洞，后来把“四”当成数目字用了，无奈何，所以在“四”的旁边又加“氵”变成这个“泗”，这“氵”是不得已，是因为那个“四”已经拿给人家借去做了2+2，永远都不还，那就无可奈何，把它写成这个（泗）来代表流，鼻子里流出来。

这个就有问题了，第一段，就说这一个美女她在堤上，白天也好，夜晚也好，就在那个堤上哭。这个可能说不通了。那么古人要这样子生硬解释下去。这样解释下去，三段从头到尾都是一个美女在那里哭，为了什么事情哭也没有说。但是在汉代，给这个《诗经》前面加了序，就是说了这首诗写的是男女相约，那么你这儿从头到尾只看到一个美女在那里，没有看到男的在那里，所以任何《诗经》的讲解都要涉及《诗经》学，《诗经》学的研究。

原来，现在我们读的这个《诗经》是有不同的来源，这是由于战国结束以后，秦统一天下，焚烧天下《诗》《书》及百家语。《史记》上面第一个秦始皇要烧的就是《诗》，《诗经》！规定各家各户保有这个书的，一个月之内必须交出，如果不交被检举揭发出来，（要受）非常重的处分，流放。要不弄到前线去当兵，打死在那里。要不黥为城旦，什么叫“黥”，额头上刻一个印，刻一个印表明你是犯人，弄去守城，守通夜。男为城旦，女为鬼薪白粲，什么叫鬼薪？夜晚你全家的妇女去砍柴；白天叫白粲，当官的吃的那个米，喊你一颗一颗地去选，妇女就这样，所以处分非常重。家中藏有《诗经》的，它不像现在很小一个本本，印了藏在那儿，你就找不到。从前那个是一大堆，家中有一部《诗经》全部用竹简写的，三百多首，一大捆在地上，你家中没有地方藏，必须交。

暴秦结束以后，汉初想要恢复传统文化，第一个就是《诗经》，因为烧的第一个就是《诗》，只有到民间去征集了。所以当时就有三家诗，齐诗、鲁诗、韩诗，从不同的地方、不同的人手中，交到中央政府来的，不同的版本，说版本并不合适，因为版是有雕版以后，那个时候没有，就是抄的，这里姑且用它。

这三处版本就不同，齐诗，齐国一个读书人叫辕固生，他是研究《诗经》的专家，他把他的本子拿出来，叫齐诗。鲁诗，鲁国申公所传。韩国有韩婴，韩婴写了一部《韩诗外传》，用故事来解释《诗经》，也算一种版本。汉初，这三种版本交了出来。

后来进入东汉了，才有我们三家诗以外，另一家被认为最好的版本，是一个河间太守，名叫毛亨，他的版本，所以叫毛诗，我们直到现在传的这些版本全部是毛诗。毛诗出现得晚，但是它一出现很多读者就发现了，他的版本比那三家都好，所以三家诗就被淘汰了。但是你要注意，三家诗虽然被淘汰了，但有时候它却要起非常重要的作用。比如我们面对的这个“伤如之何”，解释成悲伤的话，毛诗的版本就是按照这样子解释，解释了下来人们觉得不对，一个美女从头哭到尾，而且始终在那个堤埂上，讲不通。

讲不通，怎么办？就去查更老的三家诗。在这三家诗中间果然查到了，有两家，一家是韩诗，一家是鲁诗，这个“伤”字是写成“阳”，“太阳”的“阳”。因为古代抄这个书，这个“伤”和“阳”发音是不同的，容易产生差错。那么按照韩诗和鲁诗来说，原文就不是“伤”，而是“阳”，“伤”字错了。这个读书人找到了解释，说这个居然是“阳”，对了，整个诗的面貌就改变了。

因为“阳”这个字本来是指的“阴阳”的“阳”，古代的时候抄书，专写白字，写大量的白字，在他们那个时代认为这是借音来用一下。那么这个“阳”本来的意思是阴阳的阳气，但是古人说的借来用音，音来表示，表示这个“卬”。这一个“卬”字在《诗经》中间，《国风》有一句叫“匏有苦叶，济有深涉”，中间就用了“卬”，叫“卬须我友”——我等待我的朋友，“卬”就是我。古人又加了解释，如果是女的指“我”，就可以用这个“姎”。这个“卬”就是我，后来就是“俺”，你看《水浒》中间写的“俺”，那个“俺”又读“淹”，“淹”和“阳”的音叫双声对转，就是“我”。

“阳如之何”，就是我怎么办哦。对了，这样就有两个人了，你看。必须讲成“阳”它才通，为什么，你要注意，前面有个“彼”，还有两个“有”，“彼”就是那个地方，它必须有一个原点，有一双眼睛在这里，才能够用“彼”字。在这里的一双眼睛，它看见那一个水泽，那一个堤埂，那一个水泽里有蒲与荷，还看见那一个堤埂上“有美一人”。这个“阳”就是我眼睛中间所看见的，实有的，所以这个“阳”一下它就通了。

在战国末年的《尔雅》里面，干脆就把这个“阳”解释为“阳，予也”，“予”就是“我”那个“予”。给《尔雅》注解的郭璞，据说他那就是在乐山注的，郭璞注解得更详细，郭璞就引《陈风 · 泽陂》“有美一人，阳如之何”，来解释那个“卬者，我也”。对了，那么按照他们的解释，这个“阳”就是正确的，不应该用“伤”，“伤”是错字，就是“我”怎么办哦？这个“我”不用说，是一个男子，就说的这个男子正在与那个美女约会，他在那个堤埂上走起去，远远看见“彼泽之陂”，那个地方他还没有走到，远远就已经看到蒲与荷了，还远远看见那一个美女在那儿。那么他们早就认识了，所以才约会，约会在堤埂上，那里是讲恋爱的地方。

对了，这一下回过头来，再来看古代的《诗经》研究。古代的人脑筋笨，他们说陈国那里有一个大美女叫夏姬，夏姬在当时非常知名，头号美女，漂亮得很，据说很淫乱，她有三个男人，两个大臣，一个叫仪行父，一个叫孔宁，还有君主陈灵公。

这件事情在陈国闹得很凶，所以后人就附会说这首诗是讽刺陈灵公的。对了，既然都是讽刺陈灵公的，那么就要把它落实。它这个说法显然是不合理的，陈灵公要和夏姬有什么都在宫中进行，大臣们也不会约着全国知名的美女到某个公园去聚会，一上街全街人都认识，怎么可能。所以说，这个是明明不可能的，就是因为这个夏姬、陈灵公名声不好，就鼓着说这首诗是诗人有很高尚的情怀，编来讽刺这个的，从头到尾我没有看到有一点讽刺。这个明明就是人家民间的事情，与什么陈灵公、夏姬无关。

你说这么简单一个道理，到现代都还有人搞不清楚。一位研究《诗经》的专家，已经死了很多年了，老前辈，湖南人，叫陈子展，1957年当了大右派，脑壳有点方，乱去提意见这些，都去世很多年了，很有学问的老先生。迄今为止，他注的这个《国风选译》《雅颂选译》，就是《诗经》的翻译本，是我所看见的从20世纪50年代以来出的各种通俗本、翻译《诗经》中最好的版本，是因为这个陈教授他很有学问，他把围绕着这首诗的背景那些，很详细写出来，传说的古人认为它的背景怎么样也把它写出来，还有各家各派的解释，好多他都弄出来了，所以他的版本是最好的。但他就坚持这个，他说这首诗是讽刺陈灵公和夏姬，说他们完全是“淫”。

什么叫“淫”呢？“淫”的意思和我们今天的意义相距甚远。“淫”的本义：雨三日以上曰“淫”，久雨不晴就叫“淫”。凡是一个事情过度了就叫“淫”，古人所谓的“淫”在爱情方面就是爱得太痴了，太迷了，太认真了，一爱了就甩不脱，这都叫“淫”。不是说只有男女乱来才叫“淫”，不是这个意思。所以古人还有“淫酒”，就是喝起酒来不得一个收拾，我们好多读书人还“淫于书”，就变成书呆子，一天晚上都在读书，眼睛都整坏了，都叫“淫”。所以认为它是“淫诗”，就是说的这个美女也好，或者陈灵公也好，他们迷在这个爱情里面，迷得太深了，醒不来，都叫“淫”。

陈子展先生就是这样子解释的，而且解释这个“伤”字，说这个“伤”字就是从旁来悲伤他。那么，在陈子展先生以前，汉代就有人解释说“君子伤之”，说有个君子跑到那儿，看到这个美女，君子一下他就感叹起来了，就是觉得这个世界很可悲，这些人很可伤，很可悲。这样解释显然不通，因为这儿突然插一个君子在里面，人家在那儿讲恋爱，跟你君子有啥相干，牛圈里伸出马嘴，所以这个不可能是什么一个第三者的君子，看到就在那儿感叹，说世风日下哦，不像样哦，他们这样子一迷何生啊！不是这样的。

陈子展继承了这个，于是他就假设说这个夏姬既然是那样有地位的一个美女，她底下一定有很多丫鬟，那么可能有些丫鬟还跟着她的，可能有些丫鬟见识情操都很高，于是丫鬟在那儿伤，就说她这个主人太可怜了，她这个美女，迷到里面一天到晚就是哭，觉得太可悲了。陈子展先生解释的这个“伤”，就是这个夏姬的丫鬟在旁边感伤，就说我这个女主人真是挽救不了了，你看她一迷何深，一天到晚就在那儿哭。何况人家书上没有写过夏姬怎样哭。这些都是教授太有学问了，有时候就想入非非，你看就这样子去讲，因为你要把她讲成是丫鬟在那儿，另外的，人家还有一个男方又在哪里吗？所以有时候太有学问了，他又是很牛筋，所以难怪要当右派，他就坚持，到现在那个书上都是这样子写的。

且不说他了。前面我们讲了这么多，讲的全部是《诗经》研究，并没有讲好多诗。还是把它当作“阳”，就是“我”——另外一个男子。另外一个男子他很悲伤，就是我好伤心哦，伤心到什么程度？“寤寐无为”，我在我家中，醒来也好，睡着了也好，想的都是那一个美女，以至于我做不了任何事情，还“涕泗滂沱”。我虽然是一个大男人，但仍伤心得不得了，眼泪流，鼻涕也在流，“滂沱”本来是形容下大雨的，都拿来用了，你注意这一句非常妙，你好好看，每个字都有“氵”，四个字就四个

“氵”。从这儿流出来的水，好似滔滔江河水，滂沱，好似雨水下来。

这里就有两个人了，看到没有？这一个男子正在接受约会，往那儿去，看到她了，一下就伤心得不得了。没给你交代为什么他伤心，是美女拒绝了他吗？不可能！因为明明是约他到这个堤埂来，三段都是“彼泽之陂”“彼泽之陂”，这个男子念念不忘的是那个水泽的堤埂上。三段！不同的时间，就是那个美女一直在那儿约会他，但是他每次忍住都想不去了不去了，后来又忍不住要去，一去一看到她在那里站着，那么漂亮，一下又晓得：完了完了完了，我这个是不成功的。就伤心，哭，回去又哭。显然这个美女没有拒绝他，这个中间就有严重的问题了。三段不同的时间，你好好注意，先是有蒲有荷，荷是荷叶，荷叶是在初夏从水池里面冒出来的，展开，时间是初夏。

“彼泽之陂，有蒲与蕑”，这个“蕑”要读“莲”，“莲”是什么？“莲”是荷花的那个蓓蕾，从荷叶里边冲出来，这样子尖的，花没有开的，就叫“蕑”，为什么它叫“蕑”？在水面上看到荷叶是在这儿，荷花的蓓蕾是在这儿，不相干的，但是在水底下是连在一起的，所以叫“蕑”（lián），这个“蕑”（lián）就通“莲花”的“莲”，借用的。本来这个“蕑”是一种香草，也是古人把“蕑”和“莲”两个混同用了。“蕑”和“莲”，你说两个音都不同，怎么会借呢？音不同是我们今天，把一个汉字一个音，我们从学汉语就开始，一个汉字只发一个音，我们认为从来都是这样，古人很可能不是这样。

20世纪瑞典有一个汉学大师叫高本汉，马悦然是他的学生。高本汉已经去世很多年了，诺贝尔的文学评委马悦然专门给他老师高本汉写了一本传。高本汉到中国来，都是他晚年了，只有八个月，高本汉讲汉语不如他这个学生马悦然，马悦然讲一口很好的成都话，高本汉不行，但是他是专家，就是他发现的，他第一个提出来，古汉语语音有辅音，不只是单音。他举的很多例子，根据那个例子来推断，我们解释这个字本来读“蕑”，怎么会读成“莲”，高本汉的意思是说，这个字本来就是读的“蕳莲”，“蕳莲”“蕳”后头带了“莲”的音，“蕳莲”，读快了就“蕳”，读快了就变成一个音了，读慢了就是“蕳莲”。所以，“蕳”字有辅音，带到一个“莲”，这样就好解释，为什么这个音明明读成“蕳”，可以通“莲花”的“莲”，就是这个道理。

你要注意，这个时候季节都变了。第一段是荷叶才出来，初夏。这个是仲夏，仲夏的时候荷花的蓓蕾都从水面上伸出来，还要伸相当长时间。你们仔细去观察，不是出来两天三天就开了，不是，仍然是一个“蕳莲”的在这儿维持，非常长，这个时候就叫“蕳”。那么已经仲夏了，初夏到仲夏，还在那个水堤上约会，恋爱还在进行。而这个男子回去就哭，当面又和这个美女两个很相爱，说了很多什么生死不忘，这辈子我们永远都在一起，回去了他就想得不行，回去他就痛苦。

所以第二段，季节都变了，约会还在这儿，还是那一个美女，“有美一人”。这个第二段就写她如何美了，结果她的这个美跟我们今天两个认识完全不同。第一字“硕”，“硕”是长得结实，不是像今天瘦得像个鸡儿一样的，是长得饱满。“硕”就是非常实在，身材高大，不像云贵川的那样尽是小个子女子。像这样的美女落到我们手头都得打女篮，编到里面去打篮球，因为实在就不够美，我们现在认为是要瘦得不得了的那些狐狸脸才美。她这个不是，“硕大且卷”。“且卷”是什么意思？头发起卷卷，不是去烫的，当时很多民族通婚，一个混血女子特别漂亮，头发是卷的，个子很高大，难怪这个男子这样子爱她。

“有美一人，硕大且卷。寤寐无为”，男子说的，我醒来也好，睡着了也好，心头都想的她，做不成任何事。“中心悁悁”，《诗经》中间的“中心”要倒过来讲，就是我们今天说的内心、心中，“中”就是内，所以叫“中外”，“中外”就是内外，内心悁悁。

补充一点，刚才我讲到这个“蕳”要读“莲”，我不是讲到复辅音吗？“菡莲”带了一个辅音，我再给你举一个例子。就是这两个字，它们的声符都在左边，左边这个声符读“佥”，鲁迅先生任教育部佥事，用的就是这个“佥”。那么把“佥”作为“剑”的声符，我们能够接“佥”“剑”，但这个音是读“敛”（liàn），为什么“佥”的声符会读成“liàn”，用复辅音一下就解释了，这个剑敛，剑，“剑敛”转成“liàn”了。

所以，这个“悁”就是这个“眷”，眷恋的意思。“中心悁悁”，就是我内心里面眷恋着她，丢不开，因为丢不开她，割不断这个情，所以我才弄得一天到晚什么事情都做不了。你看它就另有交代，人家这个美女每一次都在这儿约会他，为什么回去他又那样哭，他应该喜欢得很嘛——马上就和她两个商量，好久结婚，择个日子，找个婚庆公司，哪一家办得好。没有商量，从头到尾这个男的都在哭，中间有隐情。这个诗自始至终没有告诉我们，所以说诗歌也是猜谜，各位当侦探，就在这个文本里面，你来好生侦查，究竟什么原因使两个相爱的人不能够婚配？

这个隐情，研究《诗经》的好多人都没有弄懂，很长时间我也没有懂。我后来偶然从古人解释这首诗中找到一句暗示，我忽然得出，他们同姓。同姓不准婚姻，这是由于近亲繁殖会导致各种遗传疾病、残缺。

所以在远古时代，人们要分成氏族来生存，这个氏族和那个氏族两个彼此可以通婚，氏族内部绝对不许婚姻，就相当于后来的同姓不婚。《左传》上面有记载“同姓而婚，其生不繁”，就说同姓而婚的子嗣不会繁盛，男子都有姓，女子很多没有姓，只取个名，两个都爱了好久了，这个男子可能才去找什么律师事务所去给他调查一下，私人侦探，一调查说那个女的跟他一个姓，这下就完了，这一个姓，他要跟他的父母提出我要娶那个女的，父母坚决不会同意，但是他又丢不开，所以每次约会他都去了，初夏到仲夏。

到第三段，盛夏了，你看至少有两个月时间了，花都开了，“有蒲菡萏”，荷花盛开以后就叫“菡萏”，没有开是叫“蕳”，在里面包起的。又过了，到第三段，约会，这儿都两个月了，荷花都开了，还是不行，虽然这个美女是这样，“有美一人，硕大且俨”。这个“硕大且俨”，按照毛诗的这种解释，这个“俨”是说很庄严，是说这个美女不但很漂亮，而且非常庄严的。

韩诗，就说是借的音，是借的这个“嫣”，说那个美女不是什么板起张脸，样子像冰山一样不可接触，不是，不是那样子。这个“俨”是这个“嫣”，“俨”是什么意思？前面说了，硕大的身体，头发卷的，接着这儿写又是硕大，身材高，什么“俨”？双下巴。我们现在有了这个，赶快去割掉，那些美容店生意好得很，有一点点双下巴赶快割了。人家古人就是要这个，她才漂亮。其实也不怪，你去看画的那个唐代的美女，宫里面的就是有双下巴画在那儿的，他们认为那个就很美。所以说，这个美女不但身材高大，而且双下巴，头发又是卷的，哎呀，完全像个欧洲法国来的，“硕大且俨”。

结果这个男子还是“寤寐无为”。一天到晚什么事情都丢不开，“辗转伏枕”。“辗转”两个字我们在“关关雎鸠”里面已经遇到过了，意思是在床上翻过去又翻过来。“伏枕”，“伏”就是趴在枕头上，这个好像不通，你前面明明说了没有办法睡，翻过去又翻过来，怎么会一直伏着呢？伏着这个人就不能够辗转，要辗转就不能够伏，所以“伏”字这个动词要另做解释。

据鄙人的看法，这个“伏”字也是借的音，是“拊”，“拊”是敲打。“斜阳古柳赵家庄，负鼓盲翁正作场”，那个瞎子用手打鼓。你看，我们成都北门外天回镇出土的有一个陶俑，说书俑，就是一个鼓，他一边拍一边在那里讲，这个叫“负鼓”，“啵啵啵”，用手去敲。这个“伏”要解释成这个“拊”，就好解释了，“伏枕”是“拊枕”，按着枕头捶，翻过去睡不着，翻过来也睡不着，起来按着枕头打。

《西厢记》里面写了的，写男思念女夜晚睡不着，叫“一万声长吁短叹，五千遍捣枕捶床”，把床打得咚咚咚的。就好解释了，这个男子睡不着，想起来又气，按着枕头捶，“辗转伏枕”。对了，“枕”的古音读“zàn”，你看“彼泽之陂，有蒲菡萏。有美一人，硕大且俨。寤寐无为，辗转伏枕（zàn）”，“枕”的古音读“zàn”，押到韵了。这个是“彼泽之陂，有蒲与蕑。有美一人，硕大且卷，寤寐无为，中心悁悁，彼泽之陂”，“有蒲与荷。有美一人，伤如之何？寤寐无为，涕泗滂沱”，都是押到韵的，要依古音它去押。

那么，你怎么会知道是同姓呢？请各位好生侦查，答案就在诗里面。不知道你们发现没有，为什么三段都是这样子说的：某一个水泽里面，有蒲又有荷，有菖蒲又有莲花蓓蕾，有菖蒲又有盛开的荷花，是什么意思？荷花比喻美女，蒲是剑，象征男子，所以写到这个景中间就把答案透露了。固然荷花配蒲剑配得很好，但是你注意，同一个水泽里面，是什么意思？他们同一个姓！那就搞不好了！

这个美女可能更加糊涂！美女讲恋爱的时候没有问这个男子你姓什么，哦，不对，这个女子知道男子的姓，因为男子的姓都是公开的，女子的姓是隐秘的，女子也晓得他们是同姓，但是她就以为男子不知道这个，她实在也爱上了这个男子，也丢不掉，所以不停地约他来到这个堤埂上面。

女子怀有侥幸心理，也难以控制自己，男子就弄得伤心哭兮，约会又要来，来了又舍不得分手，回去明明晓得不能够拿给父母知道，父母知道坚决反对你这个婚姻，他们当时又没有人民政府支持，说是一下子跑到上海，那就好了，那又不可能，所以这个男子就痛苦。

整个的答案就在“彼泽之陂，有蒲与荷”，那一个池塘里面，蒲跟荷花长在一起了，他们彼此不幸，就是由于他们同一个姓，同姓不能婚，注定了他们这个是一朵空花，结不了果，所以很伤心。

古人的含蓄，这个诗要让你慢慢去咀嚼，让你自己去找答案。就是同一个姓不能够婚，彼此又爱上了，怎么办？没有解，没有解男子就哭，所以你晓得这一种痛苦。陈国大概至少在两千六百年前，我们后人见到这种状况也爱莫能助，同情他们，没有点点要讽刺他们的意思，但是明明晓得又不行，不合优生原则。

所以这首诗我们不光是欣赏，还在考证，还在学习语言文字，还在了解当时人的精神状态。所以这个《诗经》，给我们更多的是让我们回头去认识我们的诗歌是在什么状况下发育起来的，我们的祖先曾经有怎样的生活方式，怎样的观念，所以也就明白了，为什么儒家要把《诗经》算作经典，显然不光是让你去欣赏，还让你通过这个去认识古代那一个时代的观念，而且怨而不怒。

就说的这个男子也很克制，没有有意要去触犯当时的规矩，他也没有这个勇气，接受了，但是感情上又丢不开，都是些普通的人，他感情也很脆弱，明明晓得那个无望，他都还去约会，也不跟那个美女直接讲清楚。而美女毕竟在这个方面她有时候更加任性一些，不愿意好生考虑，男子是考虑到结不成婚，再恋爱也枉然。所以全部我们就不是只是欣赏诗，是不是？欣赏一首诗哪要得到这么多时间呢？我们都是在解剖一首诗，了解它的时代，它的背景，了解多种学问。

邶风·柏舟

邶风·柏舟

泛彼柏舟，亦泛其流。耿耿不寐，如有隐忧。微我无酒，以敖以游。

我心匪鉴，不可以茹。亦有兄弟，不可以据。薄言往愬，逢彼之怒。

我心匪石，不可转也。我心匪席，不可卷也。威仪棣棣，不可选也。

忧心悄悄，愠于群小。觏闵既多，受侮不少。静言思之，寤辟有摽。

日居月诸，胡迭而微？心之忧矣，如匪澣衣。静言思之，不能奋飞。

今天是“诗经点醒”第七讲，我要讲的这首诗是《诗经·邶风·柏舟》，“邶”这个字读“bèi”，不读“běi”。

原来《诗经》中间分四个部分，南、风、雅、颂。“南”我们有周南、召南，简称为“二南”，周南就是汉水流域的民歌，召南是嘉陵江流域的民歌。“二南”过了就是“十三国风”，“十三国风”迄今为止，人人都概括地说，它是周天子下面，黄河流域北方的十三国留下的民歌。那么这“十三国风”开始就是邶，恰好我要告诉大家的，这首诗决不是民歌，这首诗是一个名字不可考的诗人作的，但是古人解释这一首诗，一直到汉代，各种权威解释都说是写的卫国。

卫国一个卫寡夫人，什么叫寡夫人呢？就是四川话说的寡母。她怎么会当寡母呢？她是齐国一个贵族的女子，嫁到卫国来，嫁给卫国的国君，她的婚车走到卫国国都的城外，讣告就送来了，国君已经死了。然后她的保姆——过去一切贵族女子出嫁以前都有保姆跟着她，所谓保姆就相当于她的生活女秘书。她的保姆就说应该向后转回娘家去，然后她不同意。

说这个齐国的女子很讲究贞操，说死了也要嫁过去，这是历来对这首诗的解释，就说你看人家“十三国风”的第一首就是提倡女子的贞操，这个卫寡夫人是贞操模范，这个就是过去说的抱着灵牌行了婚礼。

古人的脑筋肯定是有问题，他能把它认为是一个了不起的品德，我们现代人听了都好笑，古人认为这很严肃，一个时代有一个时代的榜样，他认为这个时代这个就是女雷锋，就是要好生学习，全国的妇女都要学习她。

她就嫁过去了，卫国的国君死了，那么国君的兄弟就来即位，兄弟即了位，看到这个齐国的媳妇儿非常漂亮，于是就托人给她带去话，就说我们卫国是一个小国，只有一间厨房，请你过来和我一起吃饭。这个卫寡夫人坚决不干，说我要守三年之丧，因为我丈夫死了，按照规矩在这三年内我必须吃很差的蔬菜，睡很硬的枕头，还要毁容，要天天很伤心。

这个倒是，卫国这个国君倒还比较现代，他说你看这个人也太顽固了，怎么办？就说她在齐国都还有些弟兄，卫国的国君就派人去征求卫寡夫人在娘家齐国贵族那边的弟兄的意见，结果这些弟兄都是思想解放的，说我们那个姐姐妹妹头脑太顽固了，既然他那个哥哥国君都死了，兄弟当了国君嘛，她就可以跟着这个（国君），然后她的这几个哥哥弟弟都带去口信催她，就说算了，你还是去和这个兄弟国君一起吃饭。

她不干。据说，这个卫寡夫人为了表示自己的贞操不被人理解，就很痛苦，就写了这首诗。所以后代的圣人认为这个很伟大，你看，这个就是卫寡夫人，说她在那里当这个寡母的时候被孤立了，心头很不快活，一个人出去，驾着柏木船，出去顺着河漂流。

“泛彼柏舟，亦泛其流。耿耿不寐，如有隐忧”，古人解释“耿耿”为眼睛睁开，古人的解释都是这样。三家诗认为（这首诗是）卫寡夫人作的，就说这个卫寡夫人，人家要守节，坚决不听现任国君的话，不去嫁二嫁，于是就被孤立起来了，也很不愉快，夜晚又失眠，“不寐”就是失眠。

“如有隐忧”，清朝的大权威王念孙是研究中国古籍的，王念孙和他的儿子王引之是高邮人，说这个“如”要读成“ér”，“耿耿不寐，如（ér）有隐忧”，不是读的按照字，说是要按照音，就是相当于“而”，就既睡不着又有很深的忧虑，就说这个忧虑是这样深，不是我没有酒，“微我无酒”，“微”者非也，两个否定就是一个肯定。

“微我无酒”就不是我没有酒，我家中有的是酒，我可以喝，但是喝了酒不解我的愁，不是我不出去耍叫“敖以游”，我也出去耍了，但是耍了我的这种忧伤也散不了，就说她要坚决守这个寡，然后又表了态，要到死。

她说“我心匪鉴”，我的心不是一面镜子，是什么意思？镜子不分是非黑白，谁来照它都容忍，我的心受不了，意思就说她坚决不丧失自己的贞操。“不可以茹”，“茹”就是容纳，镜子能够容纳一切，我的心不能够容纳，你们逼着要喊我嫁给国君的兄弟，这个事情我坚决不干。

然后“亦有兄弟”，我娘家也有哥哥弟弟，但是我靠不了他们，因为这些哥哥弟弟都帮着这个现任国君说话。“薄言往愬”，我忙忙慌慌地去给他们说，这个“愬”就是哭诉。“逢彼之怒”，又碰到他们正在发脾气。

你们注意，已经有漏洞了：她的兄弟还相当多，她说的我去找我兄弟表达我的态度，结果他们，这个“彼”就变成复数了，看到没有？结果就碰到他们每个人都正在发怒，就不听我的话。这个显然是不可能，她那么多哥哥弟弟，每个她都去找，走到那儿人家又正在发怒，这个从情理上讲不通。但是这个齐、鲁、韩三家诗不考虑你这些，说这个就是卫寡夫人作的，说这个“彼”就是多数了，翻译出来就是“他们”，指的这个兄弟。

在兄弟那儿找不到支持，说这个寡妇她又回来。“我心匪石”，“匪者”非也，我的心不是一块大石头，大石头拿撬杠一撬它就要转，我的心不会转了，坚决守贞操，不可转也。“我心匪席，不可卷也”，我的这颗心是我主宰，不是铺在别人床上的一床席子，说铺开就铺开，说卷起就卷起，她的态度很坚定的。“威仪棣棣，不可选也”，我有我的威仪，我堂堂正正的，“棣棣”是形容威仪，不能够随便拿给人家挑三拣四，我有我的主张。

这个是卫寡夫人表的态，接着后面都还有，暂时这儿我们还不讲。他这中间已经都有漏洞了，这个漏洞究竟是怎么一回事？从前的女子不能够随便饮酒的，他这儿提到了酒，又恰好是按照三家诗齐、鲁、韩传《诗经》的权威说的，这个（彼）该是复数，这个复数在情理上讲不通，她每个哥哥弟弟都正在发气，哪有那么巧的事情？

最后还有一点，“威仪”两个字历来不是指的女子，女子的仪不叫威，威仪是男子，所以这首诗被解释为卫寡夫人作的，要守贞操。而且儒家编《诗经》究竟是什么原因把它放到“十三国风”中间的第一首，如果是孔夫子，孔夫子就太糊涂，因为孔夫子的观念不是那样的，所以这中间就有问题了。

除了这三家，后来在东汉又出了一家权威，就是毛苌、毛亨一派，两个姓毛的先后传授《诗经》，就称为毛诗，前面是齐、鲁、韩三家诗，三家诗的解释是卫寡夫人，毛诗说的：不是，错了。

毛诗在传这首诗，为了要纠正这个错误，在诗的前面加了序，序就特别指明了是卫顷公的时代，朝廷里面一个大官，不知道他姓甚名谁，是一个很正派的官员，卫顷公是个昏君，朝廷搞得乌七八糟。这个官员受到排挤心里很不快活，写的一首有抗议性质的诗。

幸好有出得很晚的这个毛诗，就毛亨、毛苌，东汉他们才传播出来的，毛诗是正确的，所以到唐代的《十三经注疏》就把毛诗的这种解释收进去了。

那么也就是今天我要给大家讲的，前面的三家诗搞错了，或者儒家有意这样子搞的。真相不是那样，所以我还是相信这个孔夫子确实是不但删过诗还编过诗，真是这样，他把这首诗放到“十三国风”中间的第一首是极有见识。第一就说明不要乱认为对不对就是民歌，没有那么多民歌，这首诗就不是什么民歌，是诗人之诗，而这个诗人是朝廷里面的一个正派的官员，这个就是中国诗歌中间可以考察的，比屈原还老得多的一首写朝廷里面清流浊流、君子小人之间的冲突。君子本人写的。所以这首诗，如果是孔夫子把它摆到第一首绝对是有意义的，可以帮助我们了解孔子这个人的思想，那就按照这种解释，这是一个官员。

“泛彼柏舟，亦泛其流”，官员很有地位，很有钱，下了班回到家中去，家中有游船。这个柏舟是用最好的木头（制造的），在黄河流域没有楠木，没有其他的那些很优质的木料，连樟木都没有，最好的木料就是柏木。旧社会的时候在华北平原说某一家里很有钱，就说他家中有柏木家具。这个柏木在我们这儿司空见惯，好多穷人家的桌子都是柏木桌子，但是在黄河流域就不是，这是有钱人家的船，柏木船，是他家中自己的。所以一个官员家中还有船，那还是很有地位，很有权的。

“亦泛其流”，加个“亦”有深意，一定是他的仆人，船舟的舟子。划这个船的人就问：“老爷，船开到哪里去？”他说的：“哎呀，也跟着大家随大流嘛。”用了个“也”，就说也不得已，顺着流水走，没有目标，顺着流水走，顺水船，所以用个“亦”就指这个。诗人的口气，等于心中有不耐烦，我又不是到特定的旅游点去耍，我心头实在是非常不快活，管他的，你也就跟大家一样，顺着大流走吧，“亦泛其流”。

“耿耿不寐，如有隐忧”，这个“耿耿”不是他们历来讲的眼睛睁起不睡觉。这个“耿”字是耳朵发烧，看字形你就晓得了，耳朵发烧通常就是人的头部体温偏高，耳朵烫，大家有那个经验，耳朵烫就睡不着，就失眠。何况我们四川话还有一句叫“耳朵烧，有人掏”，古人也是这样，耳朵一烧，心头就说的他们那些小人又在背后骂我了。因为他受了这些（气），在朝廷里受了这些气，所以心头经常想到，耳朵一烧，他就想到他们又在背后暗算我了。

“如有隐忧”，这个“如”字，表还是、好像。什么叫“隐忧”？“忧”就是忧患，忧患就是要出事，“隐忧”就是我说不清楚是哪股水要发，就是说这个事情究竟从哪个地方发生，不但好人是这样，人家暗算他，别人在暗处他在明处，不知道别人从哪个方面下手来整他。那么就是一个贪官，遇到这儿弄去交代的时候，头天晚上也睡不着。不晓得究竟是我那个秘书去检举我吗？我那个第N奶去检举我吗？或许我的某个下级来检举我，所以叫“隐忧”，“隐”就是隐隐约约，不确定的灾祸，我睡不着，失眠，心里面就担忧着，不晓得朝廷中的小人要通过什么事情来整我，“如有隐忧”。

“微我无酒，以敖以游”，我家中有钱，有的是酒，船也有，“敖”就是“游”，“游”就是“敖”。在五代十国的时候，成都的前蜀皇帝王建，墓还在，后蜀的孟知祥当了一年多（皇帝），他的儿子孟昶就当了三十多年（皇帝），（在位时间）相当长。孟昶，每一年春天就跟花蕊夫人，在摩诃池——摩诃池地方在现在体育场，皇城里——摩诃池坐着船，走祠堂街、金河街那边一直开到百花潭，全城的老百姓跟着他耍，就说孟昶这个国君叫遨头，也就是这个“敖”，就是耍王，他带头耍，国君也耍，所以就叫“敖”。就说的我有酒，喝了酒解不到忧，还是睡不着，我就突然“遨游”，比如现在坐着船这样出来的，一点也不快活，不能够减轻我的精神压力。

然后他才说“我心匪鉴”，我不是一面镜子，我的这个心是要区别善恶好歹的，区别忠奸的，那些奸人我就容纳不了，“不可以茹”。“茹”者容也，所以叫茹毛饮血，“茹”就是用口腔来容纳，就是吃。不可以，我的心不是镜子，镜子能够容忍，我不能够容忍。“亦有兄弟，不可以据”，押了韵的，“茹”“据”。

从前，当官的要攀缘势力，有同姓弟兄，同族的，都拉着弟兄结成一帮，那么我就要去依靠他们，但是我的那些个兄弟、哥们一个都靠不住，口头上说得好，我不想去找他们了，找他们一个个都滑头，都不支持我。没有办法，“薄言”，“言”就是我们现在的“然”，什么然？匆匆然、茫茫然，是作为形容词用的词，“薄”就是“迫”，“被迫”那个“迫”，和“薄”的古音一样的，“薄言”就是我不得已被迫，只有走一条路。“往愬”：“往”，去，去哪里？去王宫里。“愬”，诉讼，不是一般的告诉，是诉讼，我到国君面前去诉讼，去直接把我的道理说出来，把那些奸臣的坏直接说出来，就叫“诉讼”。

台湾现在告状都叫“告愬”，只是（愬）写成“言”旁一个“斥”字那个“诉”。这个“愬”是下对上，下对上就叫“愬”，这个“愬”字下对上的字义是从上面这个“朔”这里来的，这个“愬”就是由下而上。你说人家说“朔”是说的阴历每月初一，怎么会是由下而上呢？

“朔”是这字从“月”，说的月相。阿拉伯人就讲究，最早现的那一线新月就叫“朔”，中国的很多天文学知识都从那儿来的，因此这个“朔”的本义是指的阴历每个月，要专门观察，在黄昏的那个时候，就是月亮短暂地出了那一线是亮的。他们能够看见那个月亮，后来圆了以后慢慢慢焉，焉了慢慢缺，缺了慢慢小，小了就消失，晦朔弦望，那个叫“晦”，完全消失。到“朔”的时候，新月就出来了，等到我们看到的新月已经是像镰刀这一钩了，那么在阿拉伯人古代天文就是最底下很小的一条线。

各位注意，好多画家都糊涂，不知道各位还想得起不，新月出现是什么形状？好多画家画来倒起了，拱的在上面，新月是从月的黑面底下最初亮了那一弯，像个小的船，然后一夜一夜地亮，逐渐加宽，是从底下向上圆亮，一直亮到满月。

所以这个“愬”的意思就是由下而上，如果讲话、报告这些向上一级也叫“愬”。所以这里就用一个“愬”，就是指的他去向国君告状。

“逢彼之怒”，这个“逢”就是碰，苏东坡写的“鸡鸭鱼肉，逢着就吃；生老病死，时至则行”。“逢着便吃”，拿我们四川话来说叫碰到便吃，这个“逢”就是碰，我去给国君提起诉讼，国君就是卫顷公，“逢彼之”，结果惹得他发怒，因为国君喜欢那一群小人，在朝廷里胡乱搞的。我去反映真实情况，我去告他们，结果还碰钉子，国君心里大不高兴，还把我骂一顿。从王宫里面挨了骂回来了，回来了心头气，想不过，自己给自己说“我心匪石，不可转也”，我不是一块石头，不能够随便我就转，意思就说的立场坚定，要斗争到底。

“我心匪石，不可转也。我心匪席，不可卷也”，我是堂堂正正的一个男子、大丈夫，不是拿给人家睡的一床凉席，天气冷了说声卷起就卷起，不行。“威仪棣棣，不可选也”，男子汉，君子有君子的威仪，要人家见了你，生敬畏之心，那么我就不能够做低三下四的事情。“不可选也”，“选”字就是《易经》上面的巽，乾、坎、艮、震、巽、离、坤、兑，八卦中间的巽，巽卦，巽字的写法就是繁体“选”字不要“辶”。巽卦是主长女，代表女性，这一句话又正好说明他说的，我是男子汉大丈夫，不是女流之辈，不可选也。

前面在国君那儿碰了钉子，回到家中自己激励自己。前面说的“我心匪石，不可转也。我心匪席，不可卷也。威仪棣棣，不可选也”，押到韵的。你看他用这几个“也”字，就是我们现在说的，我不是一块石头，不能够随便拿给人家转来转去；我不是席子不能够拿给人家说收就收了哟，不行。然后，所以就进一步被孤立了。你就看到屈原之前已经就有屈原了，他就是。

“忧心悄悄，愠于群小”，我的这些忧患我的家人不理解，不能够给家属讲，家属觉得这个老爷子这几天神色不对，又不想吃饭，连话都不说，也不理人，脸马起，就是忧心悄悄，只有我一个人知道。你看如何孤立？“愠于群小”，“愠”就是招人家恨。“愠于群小”，这个“于”用到这儿表示被动，“给”，我是被一帮小人所记恨。

你好生想，如果是卫寡夫人怎么也不会是这样，不会是一群其他的小人为了她要守个贞操就特别记恨她，那不可能。所以从前的那些三家诗，你就知道，自从暴秦焚书坑儒、天下大乱以后，整个社会文化低迷，连传《诗经》的三家权威的阅读能力都发生障碍，都没有把这样简单的诗（解释清楚）。如果要解释为卫寡夫人（作的），中间的漏洞都没有看出来。到东汉末年，毛公出的版本，传授的学生，才纠正过来，说这是一个大臣写的。

那么从前那些弄错了的，是留下了很多后遗症。比如汉代的刘向著的《列女传》就把卫寡夫人收进去，还把这首诗有些句子收进去，作为守贞操的妇女来表扬。这部《列女传》在过去是童蒙读物，很多娃儿发蒙都要读，所以影响是非常广的。为什么说诗无达诂，达者通达也，这首诗就是一个例子。齐、鲁、韩三家的解释不同，姓毛的毛家解释又不同，而且彼此难以互相容纳成主题，就叫诗无达诂，“诂”者解释也，“达”者通也，达县那个达，通。

他就没有地位，“觏闵既多，受侮不少”，“觏”，遭遇，“闵”悲伤，我遇到好多伤心事叫“觏闵”，“既多”，已经遇了好多伤心事还嫌不够，还要受侮，受侮还不少。中国诗歌中间的第一副对联就在这儿，每一个字，对得非常公正，“觏闵”对的“受侮”，“既多”对的“不少”，不但词义对上了，连音韵都可以称为对偶，对偶后来变成一种文学体裁，写成文章叫“骈文”，贴到墙上叫“对联”，在文学作品里面找最早的对偶句，大家记住就是这两个“觏闵既多，受侮不少”，悲哀的事情已经遇了那么多，耻辱的事情也受得很不少。

“静言思之，寤辟有摽”，什么叫“静言”，“言”我都讲了，是形容词用的那个“然”，就说我刚才那样激动，现在我冷静下来了，冷静的样子就叫“静言”，冷静下来再想一想叫“静言思之”，还是想不通。“寤辟”，什么叫“寤”，“寤”本来是醒来，所谓醒来是从睡着了醒来，好像一个过程到醒来就反过去了，所以“寤”的这一个意义可以引申为逆反方向，逆反方向就叫“寤”。“辟”就是拍、拍打，怎么叫反方向拍打呢？打人这样子打嘛，反方，这样打，气到了，这样打，冷静想了想，捶心口，这样就叫“寤辟”，“寤辟”了还有“摽”，不是打得piang piang的，不是的，是两个动作，“摽”就是抛，我们现在的抛，这样捶了捶了，然后抓到这个就甩了，就把啥东西摔了，这样就叫“摽”，抛出去，我们现在写成“抛”，古音读“摽”。《诗经》中间的“摽有梅”，就是把梅子果果抛打出去，你喜欢哪个男子，这个女子就把那个果果这样丢过去。两个动作，他写得好，写得好生动，这样子捶。古代的诗歌，第一次写男人家气慌了，按着这儿捶，“寤辟”，第一次看到《诗经》写，“有摽”，拿东西摔。

这些哪里是守贞操的女子，寡妇绝不可能对不对就在家中摔东西，她怎么可能呢，你守你的贞操，你把东西摔了……这个古人三家诗也不想一下，怎么会讲得通，一个寡妇也不能够对不对就这样子捶一哈，是不是？

哦，对了，这样气，一个人气。“日居月诸”，“居”和“诸”都是虚词，没有意义的，而且是拼音的，“居”是文言文这个“ji”，“ji”和“yu”两个字拼起“居”，“日居”。“月诸”，“诸”是之乎两个字拼起，之乎者也那个之乎——之乎，之乎，诸。就是太阳、月亮，这些是虚词，他在呼唤它们，太阳哦，月亮哦，你们为什么“胡迭”？“胡迭”，一个跟一个，one by one，一个跟一个地晦暗了，太阳晦暗了还有月亮嘛，月亮也跟着晦暗了，叫“胡迭而微”，这个“微”在这儿的，和一个“日”旁一个“每”那个字完全是音假，就是同音假借过来，应该写

（微），如果我们现在这样写就叫写了白字，老师要给你改，要改成晦朔弦望那个晦，韬光养晦那个晦。因为他的这些痛苦只有向太阳、月亮说，最后还责备太阳、月亮，你们这么糊涂。

一个寡妇守寡，不会去责怪太阳、月亮有什么不对，只有一个忠臣在朝廷里面受到各种欺压，处在昏君、奸臣之间，才会抱怨一个一个的晦。日为君象，这里说的就是卫顷公，你这个太阳都晦了，黢黑了，月就是指的底下的臣，君臣关系，大家都是黑暗，都昏了，没什么希望。

“心之忧矣，如匪澣衣”，我心头非常之忧愁，这种忧愁究竟是什么感觉？他找了一个极好的比喻，就说汗渍渍湿透了的没有拿去洗的衣服，还穿在身上，贴着身，就是那样地不安逸，每一秒钟都很难受。“如匪澣衣”，“澣衣”就是洗衣，“匪”就是没有，没有洗的衣服，就穿了一身没有洗的衣服，那样厌恶感觉。

“静言思之，不能奋飞”，冷静下来思考一下，我要能够飞就好了。想来这个诗人一定这个时候看见天空有鸟在飞，因为刚刚才骂了太阳，骂了月亮，眼睛还盯着天上的，突然看到有鸟在飞，哎呀，它们好自由哦，我没有翅膀，不能像它们一样的飞。

京剧《四郎探母》，杨延辉唱的：我好比笼中鸟，有翅难飞。就从这儿来的，关到笼里面了，要想奋飞都不行。这个“奋”字是专门为鸟类创造的一个字，这个“奋（奮）”字中间是“隹”，就是一只鸟，上面篆文不是“大”，篆文是一个笼子，画的把它盖着，底下的“田”也不是田野，“田”是指的“田猎”。这只鸟是野鸟，田猎的时候被捕获来了，装到笼子里，鸟一进来就受不了，就在笼子里面扑。有些养鸟的知道，画眉、野画眉买回来有碰死了的，在笼子里碰飞，在那儿碰。我关到笼子里了，不像天空的鸟。这个笼子就是卫国的朝廷，我当着那么大的官，要退也退不出来，要挣破这个牢笼飞，我也飞不起来。这一生，命运注定了，就是这个乌七八糟队伍中间的一员，但是受不了。

这首诗我们算基本上把它讲完了。我也没有什么点醒，是因为，实际上早在东汉末年毛亨、毛苌已经把诗被误解了的纠正过来了，已经点醒。我只是再提供了一点原来说的，说是卫寡夫人作的（诗）中间的漏洞，而试着把他讲作他就是屈原以前的一个忠臣被奸臣排挤，恰好每一句都解释得通。

周南·汝坟

周南·汝坟

遵彼汝坟，伐其条枚；未见君子，惄如调饥。

遵彼汝坟，伐其条肄；既见君子，不我遐弃。

鲂鱼赪尾，王室如燬；虽则如燬，父母孔迩！

各位朋友，今天我要讲的，实际上只有一首诗，就是前面这一首《周南·汝坟》。这首诗非常简单，但是这个从汉代以来，一直到清，都把它讲得非常复杂，可以说都讲错了，把一首很简单的诗说得很复杂。

我们今天来讲这首诗，就是要还原它的本来面目。

什么叫周南？就是西周初年，周公和召公两个人分管：召公管陕南、川北这一带，召公所管的地区就叫召南，召南只是一个概念，地理上并没有一个地方就叫召南；周南是周公所管的这一部分，在河南南部、湖北北部。周南，这个周是指的周公，南是指的汉水流域与长江流域。

那么，这一首诗在《诗经》中是放到最前面《周南》的一部分。从汉代起，他们在解释这首诗，都说这首诗是作在商朝末年，那个时候周民族还没有统一天下，但是据说文王的德、文王的教育，以及他的影响顺着汉水流域传到长江流域来了。这个是周人他们说的，不实在的，说他们文王的德传得很远，这个是一种想象之词。

那么，原来他们是怎样讲的呢？讲的这首诗中间，是写的一个君子就是一个官员，一个官员的太太去砍柴，前面是那个官员的太太去砍柴，而她的夫君就是这个君子，她的夫君是纣王末年时候的一个大臣，就正在出差，非常辛苦。而纣王那一个时候是很可怕的年代，她的夫君在外面出差，替国家做事兢兢业业，生怕犯了错误。

这个太太砍了柴回来，看到她的夫君还没有回家，于是心头就很恼火，叫“惄如调饥”。那么“惄”的意思是形容词，人心头很难受就叫“惄”。难受到什么程度呢？难受到“如调饥”。那么他们历来的解释，就说这个“调”字应该读成“朝”（zhāo），“朝”就是早晨，就像早晨饿了那样很难受，心头很难受，就像早晨饿了一样。

为什么他们会说饿就很难受呢？为什么要特别说到早晨呢？是由于古代黄河流域只吃两顿饭，第二顿饭天黑以前就吃了，吃了以后经过一个通夜，十二小时以后或者十三小时、十四小时了才吃早饭，所以早晨就特别饿，所以叫“朝饥”，所以这个“调”是借用来的“朝”。他就没有想过那一个“朝”字早就有了，如果真是那样，他为什么不直接用早晨那个“朝”，要用“调”，这些他们也不解释。

而且这个人的饥饿就是饥饿，没有分不吃早饭的饥饿、不吃中午饭的（饥饿）、不吃晚饭的饥饿。饥饿有时候甚至并不是指某一顿饭，凡是经历过20世纪60年代初期大饥饿的人都晓得不是某一顿之前饿，而是整天那种饥饿感。这些都不管。说终于回到家，看到她的丈夫还没有回来。

然后第二段又是太太去砍柴，砍了柴回来就看到她的夫君回来了，她的夫君不但回来了，而且他不疏远我、不抛弃我，我就很喜欢。然后又说的“鲂鱼赪尾”，“鲂鱼”就是我们现在说的，叫武昌鱼又叫团头鲂，说是长可以有一尺多，肉很鲜美的那种鱼。说这个鲂鱼的尾巴红了，为什么呢？古人，汉代的儒生解释这首诗说“鱼劳则尾赤”，就是说鱼在水里面如果太劳苦了尾巴就会变红，我觉得这个话实在说得笑人。我们不明白，鱼又不做任何工作，有什么劳苦不劳苦的可以讲？但是他们汉代的儒生就是说的“鱼劳则尾赤”，那么解释这首诗就要顺着这个意思：就说她的夫君在外面很劳累，说是鲂鱼劳累了尾巴就变赤，变成红颜色。那么我的夫君太劳累了，脸面上就会显露各种疲倦的脸色。也不管这种解释究竟说得通不，他们古人就是这样子解释的，说为什么我的夫君又那样瘦，脸上的颜色难看得这样子。就不想一想，用鱼的尾巴红，怎么能跟她丈夫的脸色很难看、在外面累得很惨（相匹配），两个绝对合不拢。

不管，古人他既然这样说了，然后就说的，原因找到了，“王室如燬”，“王室”就是说公家，公家我们说的后来的皇室、皇家、王室、公家，公家的事情就是国家的事情，国家的事情现在很艰难，就好像失了火一样，所以我的丈夫就在外面很劳累。“虽则如燬”，国家的事情就像大火烧，很紧急。然后“父母孔迩”，但是老人公、老人婆，我丈夫的父亲母亲就在眼前这么近，所以就说她的丈夫就不得不暂时抛开工作回来看他父母。

这样的解释从汉代起，一直持续到现代，都没有把这首诗弄清楚是怎么一回事。直到20世纪80年代，贵州人民出版社出版的《诗经全译》翻译过来，它也选了这首诗，我们看它怎么翻译的，我把它的白话念给大家听：

“顺着汝水河岸走”，对的，“遵彼汝坟”，“汝”是一条河，什么叫“坟”呢？“坟”的古音读“盆”，就是坡坡，沿到汝水岸边那个坡坡上走。“伐其条枚”，我到这个坡坡上去砍树枝条，大的叫“条”，细的叫“枚”，粗的枝就叫“条”，细的枝就叫“枚”。为什么砍细的呢？是因为做柴烧。那么就是“顺着汝水河岸走，砍了树干又砍枚”，这点已经就不对了，因为条不是树干，树干是树身，（砍树干）那是伐木，那就不是砍柴了，那是砍下来拿来做材料的。“条”是条，条是长到上面，分了杈的，上面才叫“条”，砍柴都是砍条和砍枚，没有哪个把树干砍了。这个翻译就已经不对了。

然后就是“顺着汝水河岸走，砍了树干又砍枚，还看见我那个人”，回到家中我又看见那个人，叫“既见君子”，“好比清早未进食”，就说我砍了树子回来，“还”，我回来了，还没有看到君子，我就像早晨那么饿，“好比清早未进食”。

第二段，“顺着汝水河岸走，砍了枝条做柴火”——“遵彼汝坟，伐其条肄”，肄也是细的枝，它的意思跟枚一样的，只是拿来押韵。“枚”是原来拿来跟“饥”两个押韵的，“肄”是拿来跟“弃”两个押韵的，意思都一样，“砍了细枝做柴火，已经看见那个人”，就“既见君子”了，“不曾远离抛弃我”，他没有抛弃我。

然后，“鲂鱼劳累尾巴红，王室差遣烈火荼”，就说我的丈夫出差，那个一天到晚就像生活在烈火中一样，急急忙忙的，工作太累。“虽然差遣如烈火，父母近在要供奉”，就说的我的丈夫还是不管你那么多的工作，他的父母就在这里，我要回去供养他们。

整个的诗就完了，照这样（解释），其实不知道说的是什么。

（照说，如果）我诗都写这么差，孔夫子怎么会把它选进来了，前前后后不知道说了啥，我们就不管它的。古代从汉代起就是这样讲的，我们管不着它，我们按照我们的讲。

汝水，走陕南流到河南南部，一条河。“坟”，坟是坡，因坟的古音是“盆”，“盆坡，盆坡”，它们叫双声，“盆坡，盆坡”，都是“p”开头的，就是“坡”，但古代没有“坡”这个字，就用“盆”。“伐其条枚”，这个“枚”要读成“mí”，“遵彼汝坟，伐其条枚（mí），未见君子，惄如调（zhāo）饥”，“饥”和“枚”（mí）就是押到了韵了。

那么，她就是明明去砍柴，在汝水岸边那个坡坡上。汝水又在哪里呢？现在的河南驻马店，古代叫汝南。所以汝水，这首诗的背景是在河南的西南部，在那里砍了柴，“未见君子”。什么是未见君子？非常简单，她跟一个青年男子有约会，就在这个汝坟树林里边。她是去砍，砍了（柴），怎么看见他没有来！就这么简单，他们是在讲恋爱。这君子哪里是什么丈夫嘛，看到他没有来的时候，“惄”，心头就难受，难受得，按照汉代的儒生说，难受得就像没有吃早饭。天呢！大家凡是失了恋的都晓得，那种痛苦岂是你一顿早饭没有吃的那种痛苦。所以这个话不能够这样讲。

如果把真相说出来，他们迄今没有一个人讲过这个真相：这个“调”要读“diǎo”，难受得像“调（屌）饥”，这个“屌”就是男性生殖器，人的嘴巴它要吃饭，底下那一家人也要吃，所以就叫“调（diǎo）饥”，这个就是。你说，他们古人怎么会这样子？！古人没有经过那么多礼教，所以就非常直接，就叫“调”（diǎo），这个字，音都要读成“diǎo”。

你别以为这个有好怪（色情）！20世纪60年代初期，那个时候我在我们省文联的一个农场，就在这里北门外不远，凤凰山机场外面，那里住的是客家人，有一个十二岁的娃儿，他的名字就叫“屌哥”，大家喊他喊“大屌哥”，他一样答应，他的妈喊他“大屌子，回来吃饭了”，所以说他们没有这些顾虑，说的都是那个。所以像这样的事情，一个儒生，一个汉代的儒生很难面对这个，说不定他们内心还是懂这个是什么意思，但是这个经书是按照老师那样传下来讲的，所以就不能够那样讲。

闹了半天就是这个，这个女子已经是性成熟的了，她是跟男子有约会，约到汝水边上一个高坡坡树林里边见面，但是她去总还要给家中有一个借口吧？于是拿了一把砍柴刀，背一个背篼，说我去砍柴去了，她的妈就放心了，任她走，结果她砍了几根柴就在那儿等，等了半天。那一个男子怎么不来，她就很恼火，心头很难受，心头很饥饿，望男子的这一部分，来满足她的食欲，就这么简单。

第二段：“遵彼汝坟，伐其条肄；既见君子，不我遐弃。”又在这儿等他，等了好久，终于来了，终于那一个男子来了，他迟到了，看见他，心头一下她就喜欢了，原来看他没有来时很难受。“遐”是“远”，

“远”在这里读“yuǎn”，就是“疏远”。“不我遐弃”，就是不疏远我，更不抛弃我，等到他来了我就安心了。起初他没有来，我就在怀疑是不是他有意疏远我，他要抛弃我。后来果然来了，原来他既不疏远我，也不抛弃我。

从前的人把动词倒转用，实际上就是“不遐我，不弃我”，“不遐我，不弃我”倒转过来就是“不我遐弃”，那个时候的人语言就是这样，把动词放到后面。

我没有专门研究过彝族的语言，有彝族的朋友告诉我，他们彝族的语言常常把动词放在宾词的后面，我就晓得古代也有这样。

见到了，来了，心头就很快活。但是这儿又突然扯到，说那个鲂鱼，就是那个武昌鱼的赪，赪就是红颜色、深红色。鲂鱼的尾巴怎么会是深红色？“王室”，国家大事怎么像失火了那样紧急？你两个老百姓讲恋爱，在树林里面约会，怎么突然这儿又会扯到国家大事？这太可笑了嘛！等于你在讲恋爱的人，两个人讲得正好，突然这儿就说起中央的某个文件精神，这显然是不对的。你管他什么王室失不失火，跟我们两个有什么关系呢？

所以这就很难讲了，古人拿到这个就非常痛苦——“王室”这两个字！从汉代一直到三国的王肃，就说的王室像火那样烧，这个时候是文王、武王那么好的时代，怎么你会说这个王室弄成那个样子？要按照“王室”来讲，马上，所以这首诗在汉代就有另外的讲法，说这个是在殷纣王时代，殷纣王他的政策非常酷劣，就说“王室如燬”，是指的这个，不然你怎么能够去说文王、武王，所以硬把这首诗说成是殷纣王时代的。但是这儿又是“周南”，所以这个概念都不合适，古人不管，他就为了要迁就这“王室”两个字（就这样解释了）。

然后，你还是不好讲！他们两个讲恋爱，跟那个鲂鱼的尾巴变红了，究竟有什么关系？这个鲂鱼属于鲤科的鱼类，鲤鱼中间确实有一种红尾的鲤，但是没有听说鲂鱼也有。鲂鱼的鳞很细，是银灰白色，没有见尾巴红过，尾巴红的是那个红尾鲤鱼，不合适，这中间就是搁不平。

关键在什么地方？古人全都错了，一直错到现代，这个“赪”是一个错字，音读“竀”（chēng），古人一直把“赪”“竀”这两个字搞错了。这一个错是要到哪里去查呢？《左传》讲卫国里有一个很昏的掌到权的卫侯的事情，卫侯曾经去卜卦，卜卦得到的卦象所引出来的，由此是“如鱼竀尾，衡流而方羊。裔焉大国，灭之将亡”，是这个字（竀）。

“竀尾”，这个“竀”错成“赪”了，就变成了红颜色尾巴。这个“竀”和“窥”两个都见于《说文解字》，“窥”是透过一个洞悄悄地看，叫“瞅”就是我们说的；“竀”是正视，正大光明地跑去看，就读“竀”。

“竀尾”是什么意思？“竀”，这个“竀”字我们今天的口语就是“盯”，因为这个“竀”跟“盯”两个音能够转的。《诗经》中间写的是“伐木丁丁”，不要读“伐木竀竀”，“竀”跟“丁”两个古音转。所以这一个“竀”就是我们今天说的“盯”，“竀尾”就是“盯梢”，根本不是尾巴红。一下在这里就得到了解释了，是因为这个鲂鱼的尾巴从来都不红，更不用说古人发明了一些奇怪的说法，叫“鱼劳则尾赤”，说它劳累了尾巴就红了，不通。

“鲂鱼赪尾”是什么意思？鱼交配，鱼在水里是怎样交配的？雄鱼跟着雌鱼追，追得很紧，就是盯梢，一直在后面盯着追它，雌鱼就在前面逃，雄鱼就在后面追，鱼讲恋爱就是这样子讲的。雌鱼被追得遭不住了，一下就排卵，卵就排到水里面了，然后雄鱼就射精，（卵子）是在水中体外受精，就变成受精卵，就沉到河底，以后生出来就是鱼，鱼就是这样交配的。

这个，大概很多人，只要你们学过动物学这些都晓得鱼类的交配是这样交配的，就是雄鱼追雌鱼的尾，雄鱼在后面盯梢，“竀”，正视，就相当于我们现在用眼睛睁大盯着的，“窥”是偷偷看，瞟眼瞟眼看，“竀”

就是眼睛睁大了盯着它。鱼就是这么交配的，一下你就清楚了。

“鲂鱼赪尾”，是比喻讲恋爱，这个树林里面讲恋爱，绝不止这一个女子跟她男朋友，还有好多人都在这儿约会，这一片树林就是恋爱的场所，男女约会的场所。

“王室如燬”，什么叫王室？凡是学过古代人类学的，了解古代的民族和氏族社会的结构的，（都知道）每一个氏族有一间大房子，公有的。中国尤其是少数民族至今还有，一个大的房子专供男女在里面自由交往。树林里面讲了恋爱，如果成功就到大房子里面去，王室就是大房子，不是国王。

很多东西大的就叫“王”，有一种斧头特别大叫王斧，有一种植物长得特别高的叫王帚，王帚就是我们现在扫地那个铁扫把，拿来扎起做扫把扫街那个。这个“王”根本就不是国王，王有大意，王室就是大房子。大房子里面“如燬”，郭璞的注解，齐国的人把火——燃的这个火叫作“燬”，“火”“燬”双声，燬就是火。大房子里面热闹得很，热气腾腾，就像火在里边烧，这不用说是什么意思，很多男女就在里面交配！因为这个“鲂鱼赪尾”就是男追女，追成功了就到大房子里面去，“如燬”就是“如火”。我们现在说闹热就说如火如荼，“如火”两个字就是“如燬”这里来的，“如荼”是《诗经》中间“出其东门，有女如云”，第二段“出其东门，有女如荼”，“荼”就是一种野草开的白花叫荼，如火如荼就是那个大房子里面男男女女交配得非常之热闹，（就像）雄鱼追雌鱼。

“虽则如燬”，这个女子说的，虽然他那里弄得那样热闹，“父母孔迩（lì）”，这个“迩”要读“lì”，就说的，虽然那里那样热闹，但是我们爸跟我们妈就在现场那儿去瞅到的，不准我们去。现今的这些相亲的好多都是父母亲跟着一起去。你以为她的妈跟老汉那么老实，相信我这个女子背个背篼就是去砍柴，其实晓得他们女子是去会那个朋友，那个树林里面又有大房子，因此父母不放心，就在树林外瞅，所以就说的这个女子看到：哎呀，那个大房子里面虽然那么闹热，但是我的爸跟妈两个很近。“孔”就是“很”，因为“孔”的古音读“hóu”，孔字的写法，它的象形文字是一个奶娃儿在他妈的胸前吃奶奶，所以至今我们说这个娃娃又在“hóu”奶奶吃了，就是“孔”，“孔”字就是娃娃吃奶奶。它用到这儿呢，“孔”“吼”的音转成“很”，“孔迩（lì）”就是很近，不能够去，去不得，我的爸跟妈就在那儿守着，不放心的。

所以这一回事情就这么简单的一回事，男女青年恋爱，女子的父母不放心，到现场去又不好明明白白出来，明明白白出来他的女子和她男朋友连话都不好说，（父母）就躲到旁观瞅，让他这个女子晓得大房子那儿去不得，爸跟妈把我们盯着的。

这首诗结果就是这么简单的一回事，这个古人由于把这个字（弄）错了，错了又不怀疑。古代的这些儒家解释诗的也不去查一查植物学，他们没有这些常识，不像我们，我们各种学科都学了一点，我虽然研究这些古典，但是我也知道鱼类的生态，鱼类是怎样交配，这个古人不知道，古人不知道鱼类是怎样交配的。

你看，有一个象形字，画两条鱼嘴巴对嘴巴，古人以为那个就是在交配，连观察都没有观察清楚，结果鱼是雄鱼追雌鱼，就是这个字错了，错成红尾巴，随便怎么扯都扯不拢，它又把“王室”两个字解释成朝廷、中央政府，所以越来越扯不拢。

迄今为止，本人是第一个把“王室”解为大房子的，而大房子这种可以找到各种少数民族——他们实际的村庄里面能够印证，就有一个公房，就供他们男女在里面自便。

那么这样的诗，这一种在“王室”里边的行为，按照古人认为是不合礼仪的，但是古人不是那么死板，古人说的，有些大龄男子、大龄女子，由于种种原因，错过了适当的婚龄。在周代就有规定，说这个可以原谅，叫“仲春之月，男女之无夫家者，相与聚会，官方不禁止”，不是对不对就去喊民兵去把人家捉起来，说他们一会儿就定个身份叫坏分子。现在没有这个了，在20世纪50年代还有坏分子，你以为坏分子是有好坏？好多婚外恋，结果就整成坏分子。《周礼》中间，还定了一个男女过了时的允许他们自由交往，任何一个村社里面都还保留着古老的大房子这种制度。

这首诗我们来观察，实际上是一种还略有诙谐趣味的，就是这个女子说的，看着人家在大房子里面男男女女好自由，她心里面好羡慕，虽然那里很热闹，但是我爸跟妈就在这儿守着的，又不能去，这是很有趣味的一件事情。

古代的这个人写的不光是这个男女什么急于交媾，中间还有这一些趣味。所以，我比古人幸运，就是我还懂一点鱼类学的知识，不懂我还晓得去查《辞海》。《辞海》上面就没有说这个武昌鱼有尾巴红的，所以就晓得这个字可能就是错了，结果查《说文解字》终于就把它的正字弄出来，要读“竀”。这里用鱼类学的常识，马上就得到解释。

“王室”两个字就是回到字意的本源。不要受现有的那些概念（的限制），因为在这个时代，王室确实指的是周天子王室，还没有看到一个（人）把“王室”两个字拿来指大房子的，但是你就不能说，不能够那样用，因为按照文字的本意就是可以这样用，就是大房子。这样一用了，整个这首诗一下就通了，从汉到清到现代，不然说不清。

那么《诗经》中间像这样的诗就叫“野合”。“野合”的“野”不是野外，是文跟野两个对比起的，合符婚礼的叫“文”，婚礼以外的叫“野”。“野合”不是去到野外去扯，不是这个意思。不合婚礼，古代也允许的。这首诗，古代之所以要保留“土室”，在村社中间保留这个，也是为了合符情理，合符人情。

这首诗，类似这种野合的，《诗经》中间还不止这一首。

比如我们把这两首拿来参考，附到后面：

王风·丘中有麻

丘中有麻，彼留子嗟。彼留子嗟，将其来施。

丘中有麦，彼留子国。彼留子国，将其来食。

丘中有李，彼留之子。彼留之子，贻我佩玖。

《王风》，不是一个国家叫王，指的是周朝洛阳城里面有一个王城，王城周围流行的民歌就叫王风。王风中间就有这一首，“丘中有麻”，因为北方过去广泛地种麻，麻也是农作物，而且属于谷类，为什么？麻籽可以榨油，至今还有麻籽油。那么过去的麻田就很多，除了用它的纤维做麻制品以外，也把它算作农作物，栽到坡坡上。“丘”，比山小的就叫丘，丘陵地带有些需要水的庄稼就不能够栽，但是可以栽麻。“丘中有麻”，那个山坡上面有麻田。

“丘中有麻，彼留子嗟”，这又是一个女子作的诗，为什么突然她就扯到两回事情？“彼留子嗟”，那一个“留”是他的姓，古代姓留的留就是这个“留”，后来才有刘邦的那个刘，最早的留就是这种姓。一直到非常晚了，南宋都还有姓这个“留”的，文天祥那个时代有一个投降了元朝的，叫“留梦炎”，就姓这个留。

“彼留子国”，姓留的那个，那个男子名叫“国”，“国”是那个男子的名字，怎么会跟这个，这个是“嗟”，“子嗟”，“丘中有麻”和“彼留子嗟”有什么关系？姓留名叫嗟，留嗟，那个男子的名字。丘中有麻，那个留子嗟，怎么会扯得拢呢？这很简单，麻长得很高，长得很直，男女在麻田里边讲恋爱，这一个女子跟姓留、名叫嗟那个男子约会了，在麻田里面见面，所以女子在麻田里面等，等留嗟，就在那儿等，所以句子才这样造“丘中有麻，彼留子嗟”。不是像后来他们讲赋比兴，说兴随便拣一个东西就叫起了兴，怎么是随便拣的呢？根本不是，这个是现场，现场正是在麻田，在这儿等这个，等那个姓留的男子，名叫嗟，等他。

“彼留子嗟，其将来施施”，从汉代最老的版本就错了，不知道怎么会重复了一个“施”字，重复了古人他也不晓得怀疑。其实这很简单，三段都一样的，为什么这儿会多出一个字，为什么这个施就是施施，这个食不是食食，这个玖不是玖玖，这个一下你就晓得，这个地方是过去版本错误，在汉代它就错了，那个时候的人尊重儒家典籍，不敢乱去说它错了，说这都会错啊？那就是错了。

韵是这样押，“丘中有麻，彼留子嗟。彼留子嗟，其将来施（shá）”，一个字“施”读“shá”，一下就押到韵了。这个“施”（shá）是什么意思？就是施，这个施是一个动词，最简单的解释《易经》。《易经》讲到男女两性的性关系时，说“男施女化”，《易经》上面查得到。什么叫“化”？女子有了，受了孕了，怀了孕了，就开始变化。一系列的变化，包括胎儿在腹中越长越大，女子的外形、心理、性格、体形都会发生一系列变化。男施女化，化你懂，那施是什么？施是放出去。

男女在进行繁育后代的工作的时候，男子这边是施，放出去，女子就变化，没有男子的放出去女子就不得变化，《易经》上面就是这样说的。所以这个“施”作为动词，就是很不雅的这一个动词，男性性动作，专指这个。古代的儒生觉得这个东西不能够这样讲，这样讲好像就是……

但是《诗经》并不是为你几个儒生作的，孔夫子删诗眼光看得远，凡是反映了人性真实的，管你合不合儒家礼仪，孔夫子一概保留下来。为啥子说他是个文化伟人，他能够把古代真实的典籍给我们留下来，如果他是用当时的意识形态去篡改，我们哪还看得到这样真实的状况，怎样可以据这些诗来了解那一个社会呢？所以这个“施”字保留下来。保留下来，汉代的这些儒生总觉得这个不雅，添个“施”，因为添个“施”意思就变了，这个“施施然”就是不慌不忙，不慌不忙地走来，叫“施施然而来”。加了个“施”，就说这个留子嗟，那个他是很有文化修养的，来是施施然而来。这样太可笑了，如果大家都是像儒家一样的装扮起在这儿讲恋爱，这个恋爱就没有办法讲。所以这个古人就觉得这一个“施”字在这儿有点不好，古人可能不晓得怎么处理好，就帮它加了一个“施”，意思就变了，“施施然”就是不慌不忙地来，表示很有礼，绝不乱来。反正你晓得这个“施”的这个意思，这个“施”本来还可以进一步讲，就下面中间有个“也”。这个“也”字，《说文解字》，东汉的，说的像“女阴”的形，是个象形字。我们讲了反正是和男女事情有关。

第二段，“丘中有麦”，第一次约会在麻田，第二次约会在麦田，麦田显然麦子长高了，快成熟了，不然你如果很浅，怎么能够在里面约会，人都遮不到。“丘中有麦，彼留之国”，这回姓留的这个小伙子，不是留嗟了，又来了另外一个叫留国的，所以这一个女子是广交朋友的人。第一个交的叫留嗟，留是那儿的大姓，贵族。第二个叫留国，留嗟可能觉得还是不合适。“彼留之国，其将来食”，对了，你看，这个“食”跟这个“施”两个一个意思，人不光是嘴巴才能食，下面也能食，所以说“惄如调饥”，也可以饥饿。

“食”跟“施”都是隐语。这个“食”一直到汉代都还含有这个……汉代记的某个宫人与一个宫女对食，“对食”简单地讲来就是打平伙吃饭，坐在一起吃饭，但是写到历史书上说他们两个对食，那个“食”实际上就跟这个“施”指的一样，就说他们实际上有两性关系就叫“施”。这个“食”可以帮助我们了解“未见君子，惄如调饥”，了解这个饥饿。

这个留子嗟过了留子国，接着还有第三个男朋友，叫“留子”，名字叫“子”，“丘中有李，彼留之子（zē）”，子（zē）、李押到韵的。“彼留之子，贻我佩玖”，然后就说到“子”字的古音，“子”字的古音读“lǐ”（李）。我们中国第一大姓——李，将近一亿人，十三亿中间有一亿人，为什么这么多人姓李？人家解释说是唐朝的皇室就是李姓，所以很多人姓李。这还不一定，唐以前，你去查历史，姓李的多得很。本人有一个解释，商民族，书上写得很清楚，姓“子”，而“子”的古音又读成“李”。商朝曾经版图相当大啊，统治中国六百多年，商朝的人很多都姓李，写出来是“子”。书上写的“子”姓就是“李”姓，所以今天中国人都还有那样多姓“李”的。

那么这个第三个小伙子叫留李，写出来是“子”。留李不但来了，跟我两个在李子树底下，约会来了。“贻我佩玖”，“玖”是一种美玉，拿来戴的，这个男朋友好。前面两个男朋友呢，都是来和我交配的，只有第三个留李还送了礼品，送了纪念品。不光是两个人爱了一下，还送了她一块玉，这个女子多少喜欢的。而三个男朋友都是他们留家屋里的，只有第三个男朋友还比较大方，事情完了还送她一块玉拿来佩起，女子还觉得多少高兴的，你看“贻我佩玖”。

“子”在这儿的要读成“李”，“丘中有李，彼留之子（lǐ）；彼留之子（lǐ），贻我佩玖（jī）”，“玖”读成古音“jī”。

这一首诗，为什么我要选它，就是，第一，拿来配合这首诗你们就晓得，他们这一类男女约会，在《诗经》中间这个不是唯一的，这个也有。还有就是古人的观念，把那个说成叫“食”，说成要吃东西“食”，然后没有吃到就叫“饥”。

第三首《郑风》。郑就是现在的河南新郑，在春秋战国时代郑国文化是非常高雅，经济非常发达的。

《诗经》中间爱情诗最多的是郑国，为什么它的爱情诗多呢？这些都是流行歌曲，这个地方富裕，经济状况好，文化状况好，流传下来的爱情歌曲就特别多。《野有蔓草》就是与这个，也是男女。

郑风·野有蔓草

野有蔓草，零露漙兮。有美一人，清扬婉兮。邂逅相遇，适我愿兮。

> 野有蔓草，零露瀼瀼。有美一人，婉如清扬。邂逅相遇，与子偕臧。

“野有蔓草，零露漙兮”，在野外，“蔓”是长得肥，长得很肥，长得很茂盛的草叫“蔓草”，不是铺在地上蔓延的意思。“蔓”字如果不要这个草头，人胖都叫“曼”。屈原写的《天问》“平胁曼肤，何以肥之”，就用的这个“曼”。“平胁”是“骈胁”，肋巴骨都看不见了，长满了肉，身材胖就叫“曼”。

“野有蔓草”，长得非常茂盛的草，那个草为什么长得非常茂盛？很少有人到这个偏僻角落来，草自然就长得茂盛。如果路边（有人）走来走去，那个草就不可能叫“蔓草”，那么蔓草又是野，男女约会都是在一个很偏僻的野外角落里，脚步不到此处，草就蔓生。

“零露漙兮”，什么叫“零”？露水落下来就叫“零”，露水怎么会落下来呢？道理很简单，这一个女子走到这里来，一闯露水就落了嘛，不然怎么会零呢？要不然露水都在草上面的嘛。“零露漙”，这个“漙”就是一坨一坨的，很大的露水，女子一走进去，走进露水地里，露水就落下来了。陕北民歌“信天游”中间唱的“你妈妈打你不成材，露水地里穿红鞋”，就说你到野地里去会男朋友。所以这个“零露漙”就已经有这个（意思了）。还有民间说露水夫妻不久长，就是这个。没有经过正式婚姻、手续，男女闯一裤脚的露水，这样构成的婚姻，草率！所以不久长，连“露水”夫妻两个字都从这儿来的。

“野有蔓草，零露漙兮”，必须这个女子去了她才知道野有蔓草嘛，她不是想象出来走到那里去了，露水落下来，鞋子打湿了。“有美一人，清扬婉兮”，显然走到这里去的，可能先是男子在这儿等她，等到那个女子也到这个露水地里来了。

“清扬婉兮”，清是清，扬是扬，婉是婉。清是目清，眼睛亮，少女眼睛亮。扬是眉扬，古人认为眉毛要微微有点往上挑才好看，不像我的这个眉毛都快要掉完了，还往底下垮眉毛，那个古人看到就不扬了，它需要扬。目要清，眉要扬，婉是指的身材有曲线，所以什么叫婉转？有S线就叫婉，所以叫委婉，如果平板一块哪里算是委婉呢？所以这个古人还是非常刁的，他这三个字把人家的眼睛、眉毛、身材都概括完了。人又是美，美女，美女又目清，眉扬，身体有曲线。

“邂逅相遇”，不期而遇，两个人连约会都没有约会，天哪！根本就不认识，第一次见面，在这儿他们就好起来了。“邂逅相遇，适我愿兮”，“适”是满足了我的条件，“愿”是愿望、我的理想。这个是男子的口气，说我走到露水地里去就碰到了她，可能还是约会了的，不然怎么会恰好走到这去。所以这个“邂逅”两个字不是如古人所解释的不期而遇，就是期而后遇，也叫“邂逅”。邂逅的“逅”它是这样写的，还有一种写法是交媾那个“媾”，男女交媾那个媾，交媾那个媾有一个女旁，把女旁去了，这一边就是画的两条鱼在接吻。所以“邂逅”就是男女相会，不一定是按照《诗经》的序跟郑玄写的笺注那样古板，就把它解释成一定是不期而遇。这显然是先有期后有遇，约好了在那里，某一个野草地里，没有人来。他们见了面，见了面，男子一看，哎呀！这个美女这样漂亮，正是我心中的理想，“适我愿兮”。

第二段“野有蔓草，零露瀼瀼”，“瀼瀼”是露水很盛，露水落得很多，跟“零露漙兮”差不多。“有美一人，婉如清扬”，这个“如”不是好像，是“而”，相当于我们现在文言文说的婉而清扬，就既是休态婉转，又是目清眉扬。注意，《诗经》中间很多“如”都要解释成“而”。比如说“耿耿不寐，如有隐忧”，是“耿耿不寐，而有隐忧”，并不是似乎有隐忧，人家那个“如”不是那样讲的，是“而”。

“邂逅相遇，与子偕臧”，我们约会，到一起见了。“与子”，我和你，“偕臧”，一起去藏到。这个“臧”就是藏、躲藏，捉迷藏那个藏。

所以说两个人在露水地里谈了恋爱，说我们还要找一个地方，能够躲藏起来。底下就没有说了。

所以这一类诗，客观上可以帮助我们了解这一首诗，不至于去胡扯，把“王室”想到国家大事。国家大事跟它这个男女讲恋爱没有关系，管你王室什么。这个“王室”应该解释成大房子，而且这个是写鱼在追尾，不是说鱼的尾巴红。这些都是古人闹的大笑话，闹了两千多年，现在还写到书（里面）。

所以这首诗我们只需要把这两个词去认真追查：这个“赪”，你还可以找别的去印证。就找到《左传》，《左传·鲁哀公十七年》，写卫侯去卜卦。卜了然后卦的爻辞，中间提到用的是那一个“窥”。恍然大悟，晓得这里错了。这一个字错了就使得整个诗都解释不通，然后再把“王室”如字面意义加以解释，全诗豁然贯通。

卫风·氓

卫风·氓

氓之蚩蚩，抱布贸丝。匪来贸丝，来即我谋。送子涉淇，至于顿丘。匪我愆期，子无良媒。将子无怒，秋以为期。

乘彼垝垣，以望复关。不见复关，泣涕涟涟。既见复关，载笑载言。尔卜尔筮，体无咎言。以尔车来，以我贿迁。

桑之未落，其叶沃若。于嗟鸠兮，无食桑葚！于嗟女兮，无与士耽！士之耽兮，犹可说也。女之耽兮，不可说也。

桑之落矣，其黄而陨。自我徂尔，三岁食贫。淇水汤汤，渐车帷裳。女也不爽，士贰其行。士也罔极，二三其德。

三岁为妇，靡室劳矣；夙兴夜寐，靡有朝矣。言既遂矣，至于暴矣。兄弟不知，咥其笑矣。静言思之，躬自悼矣。

及尔偕老，老使我怨。淇则有岸，隰则有泮。总角之宴，言笑晏晏。信誓旦旦，不思其反。反是不思，亦已焉哉！

今天我们要讲的这首诗，是《诗经》“十三国风”里面比较靠前的卫风。

卫国的都城是从前商朝的首都朝歌城，也就是今天的河南东北部的淇县。三千年前叫朝歌，那里是商朝的首都。商朝亡了以后，周朝把他的一个王子封到朝歌这个地方，就是后来的卫这个国家，这是一个小诸侯国，和其他那些诸侯国明显不同，它的文化水准最高，是因为商朝在那里经营了三百多年。三百多年以前商朝的首都是在今天的河南西南部的商丘，后来盘庚的时候迁到黄河北岸的安阳，迁到这里后商朝又延续了近三百年，到了商朝最后一个国王纣王，就亡了国。周朝把他的一个王子封到卫，所以就叫卫国。

商朝的文化水准比周朝的高得多。这很容易理解，因为周民族是从西北那边来的，而商民族是在真正的中原之地，商朝的文字比周朝的精细得多，你就知道它文化程度高些。手工业水平、青铜冶炼远远胜过周朝，所以它的首都这个地方的文化背景高得多，就注定了它这里的诗歌也和其他地方不同。

这首诗不是他们说的是真正的民歌，这首诗写得非常好，当然那个时候没有专业诗人。这首诗讲的是一个故事，想来这一个故事在当时一定用音乐的形式，有演出团体到处唱，就唱一个普通的卫国女子的不幸。整个这首诗没有什么太大的戏剧情节，都是日常生活，没有什么特别坏的人，也没有什么特别好的人，也没有英雄，也没有美女，就是一个日常生活男女的一个很平凡的悲剧。类似俄国作家安东·契诃夫写的那些小说，没有发生任何大不了的事，但是读完了使人觉得非常失落，就觉得这些可怜的男女落到这样子很痛苦，但是又没有太强烈的情节。

“氓之蚩蚩，抱布贸丝”，这个“氓”有几种写法，这是一种写法，还有一种写法左边是田地的“田”，右边是声符“亡”——“亡国”那个“亡”，“亡”的古音读成“mάng”，作为声符。所以这个“氓”本来的意思是指耕田的农夫，所以它左边原来是写的“田”，右边一个“亡”是声符。换一个写法也是这样，那么它的右边是“民”，就是普通老百姓，只是这个“民”音不读“民”，要读“氓”，左边那个“亡”只是声符，起到标音的作用，叫“氓”。氓就是这一个字根，可以说从欧洲到亚洲都读一个音，男人就叫“man”，《圣经》上面说的女人叫“woman”，“woman”来源于“of man”，属于男人，所以这个“man”就是普通的男子汉。

但是由于旧社会对农民的歧视，于是这个“氓”的意思就多了。我们说这个人处于萌昧状态，就说萌、无知的状态，“萌”就是“氓”。这个“氓”到我们现在居然符合了：看到这些年轻人写的文章用这个字，有回有个年轻人跟我说，说流沙河先生你很“萌”。我不知道什么叫“萌”，后来写出来是萌芽的萌，我再一问，是说那个老儿有点闷，闷这个口语我们早就有，比如说这个人很闷。闷就是氓，闷从消极角度（出发），如果积极表扬他，就是该同志为人质朴，就是我们成都人说的憨痴痴，对了“蚩蚩”两个字就有了。

“氓之蚩蚩”，本身就是个萌，他还萌蚩蚩的，我们说的憨痴痴的那个样子。所以这首诗一开头，它就用这个做了标题，这是个精心结构。你以为它写的是个瓜娃，结果后来发觉不是，是这个女子本身有点瓜，她自己不晓得。成都人说的“瓜兮兮”，那“兮兮”可能和“蚩蚩”也差不多。这些字不能求其义，只能求其音，因为这个“蚩”字如果按照《说文解字》的说法，“蚩”是一种虫，音要读成“痴”，是说这种虫很瓜，很笨，所以它把这个拿来形容。这个“氓”已经都很萌了，还有说“氓蚩蚩”，所以这个口语和今天都合得起的，川东人叫“哈戳戳”的，成都人叫“瓜兮兮”的，都是这一个意思。

“抱布贸丝”，字面意义讲，他拿着布来买丝，怎么拿着这个布？因为过去的货币，最值钱的是鹿皮，鹿子的皮拿来制了，那个要值很多钱，一张鹿皮币相当于我们现在一万块钱的样子，最值钱的。其次一等，专门用丝的丝织品的币，丝织品的币也叫布，因为这个布不是我们今天只指的棉布、纱布，从前的丝、帛，用其他植物纤维的都可以叫布。那么这一个布就是布币，还有没有其他的理解呢？还有。你们看有一种铜钱，像一个穿的一条裤子形的，上面有个空的铜，叫空首布，头头是空的，它是一种古代的农具，那个上面能够插个棍子，拿脚一踩，一撬，这也是一种货币。

这个“抱”字在早期的典籍中，在《诗经》中没有这个怀抱、拥抱的意思。这个“抱”字在《诗经》中间出现了三次，其中一次就是在一首诗叫《小星》里面的，叫“肃肃宵征，抱衾与裯。寔命不犹！”当今的一些研究者，说那个“抱”字在这一个时代，不是拥抱，embrace，不是这个，抱是抛，它的音是读“抛”。“抱（pāo）布贸丝”，这一个憨痴痴的来收购生丝的商人，把那个布币拿来这么甩，显示很有钱。“抱（pāo）布贸丝”，等于带了很多钱来揣在身上，甩甩甩，好多？好多！买了，我就给你买了！这是一种引诱！知道农村女子没有见过那样值钱的青铜币，拿到面前显，这个人家一个普通的农村女子自然就会认为收生丝这个贩子很有钱，就容易产生好感，看到这个人又很质朴、老实，似乎瓜兮兮的样子。这个农村女子就看上他了，第一觉得老实可靠，第二他显示出很多钱，一定是有钱人。

整个这首诗是用这个农村女子的口气说的。在农村女子眼里看到这个男子憨痴痴的，带了很多钱，随便抛撒，来买我的丝。因为农村的采桑女、养蚕女、抽丝女都是她一个人，把这些做完了。每一年夏初，丝就出来了，收丝的贩子走很远，从城里面就赶起来了，赶起来收购。所以男和女就能够直接在生丝买卖中间接触，这个女子也很敏感，很快就发现了。

“匪来贸丝”，不是来买我的丝，那买没有呢？当然买了，但是醉翁之意不在酒。“来即我谋”，来打我的主意，“即”，我到你这儿来将就你，“即”就是“就”，我到你面前来就叫“就”，所以说请教都叫“就教”，我来到你这里，就叫“即”。这个女子说的：他哪里是来买丝嘛？他也买了丝，但是目的他要打我的主意，看到我还有点漂亮，“来即我谋”。

读古音，“氓之蚩蚩，抱（pāo）布贸丝，匪来贸丝，来即我谋（mī）”，“丝”要读成“xī”，“氓之蚩蚩，抱布贸丝（xī），匪来贸丝（xī），来即我谋（mī）”，可以推断，那个时候的读音就是这样读的。两个人一下就好了，你看，中间没有介绍人，没有媒，也没有父母之命，由于你来买丝，我来卖丝，两个人交谈，交谈完了又谈了些其他，就有了好感，女子马上敏感地晓得他是来打我的主意，两个人就爱上了。

我告诉你们，古人骂这个叫“淫奔”，什么叫“奔”？“奔”就是上海人说的压姘头的那个“姘”，一个女旁一个并，古音就读“奔”。两个人好了就叫“奔”，不是跟到去跑一趟，哪去跑一趟？又不是马拉松，跑得那么累。两人只要好了，哪怕坐在那儿没有动都叫“奔”了，他们两个就碰到一起了。这个“奔”也就是我们今天说的合并的“并”，男女两性的合并就叫“奔”，两个人就恋爱了，这个就叫“奔”，就叫“淫”。所以他们下这些定义，特别是到朱熹这里，他动辄说哪一首诗又是“淫奔”之诗。这就是典型的“淫奔”，凡是没有父母之命，没有媒妁之言都叫“奔”。而且两个人一讲恋爱就叫“野合”，直接同居就叫“野合”。那我们今天好多人人家不扯结婚证的，按照朱老夫子说的，“哎呀，到处都在野合”，李敖的解释就是说“他们在田坝头就干起来了”。那太胡扯了，他懂都不懂。那个“野”字和“文”（字）两个对起的，凡是超过了周公制的婚姻之礼都叫“野”，“文”和“野”两个（相）对。

两个人好了，就“送子涉淇”。这个女子的家在朝歌，朝歌城往东面去，不到十里就是一条河，叫“淇水”，非常之真实。一看这个你甚至可以断定，女子的家住在朝歌城外淇水的西岸，因为她送的方向是往东方送的。怎么会知道呢？后来我们考察地理就知道了。“送子涉淇”，她就送她这个收购生丝的男朋友渡过了淇水，这个“涉”不一定是拿脚板去踩，古人就是把桥都叫作“涉”，把渡船也叫作“涉”，打起光脚板去踩也叫“涉”，反正就是过了河。这个女子一下就爱上他了，你想从她家中出来至少要送十里，这儿才是淇水，还要送他过河。

“送子涉淇，至于顿丘”，到了什么地方？送到什么地方？叫“顿丘”，汉代的所有解释《诗经》的都说“丘一层曰顿丘”。什么叫丘一层？就是我们去看那个山梁子坡坡，如果只有一个台阶，上去只有一层，就是很低的那些丘陵就叫“顿丘”，两层的又不同，三层的又不同。说这个顿丘历来都这样，就说女子送他到了一个小山坡那儿的。但是这个地理考察，距离朝歌向东去百里外有一个地方的古名就叫“顿丘”，所以“顿丘”这个名字不能够根据他们解释说丘一层曰顿丘，人家明明是个地名，淇水就是个地名，确切的，送他送到哪个地方？送到顿丘。为什么人们不接受这个？是因为顿丘在百里之外，渡过了淇水向东走还要一百里才是顿丘，顿丘已经在河南的东北边缘了，再过去就是山东。到了河南的边境了！

历来的研究者，包括我们当代已经去世的陈子展教授，他是真有学问的湖南人，老一辈，去世很多年了。他说的人家有一个古城是顿丘城，但是这个不合适，他说太远了，百里之外不可能送。错了，人家之所以要把这个地名写出来，两个人舍不得分手，送就送到百里以外了，送到顿丘那个地方才分手。所以熟悉这个背景的，一读到“送子涉淇，至于顿丘”，马上就知道两个人已经爱得如何热烈，分不开了。现今没有哪个送到百里，现今把你送到电梯口，再好就送到单元门就要拜拜，人家那个送了一百里，就是普通男女落入爱情之网，实在舍不得走。

注意，这个百里在路上至少要走两天，硬是走了两天，走了两天都是小路，很荒凉的地方。顿丘那一个古镇可能还有旅馆，因为还远，他还没有到，那么那天晚上就住了旅馆，住了旅馆然后这个女子就说了，不是我延期。

“匪我愆期”，“愆”就是迁、迁移，往后面推，“期”，婚期？在这儿不是。很简单，这个顿丘一定是古代的一个小的镇，送到宾馆里住下，住下这个男子就要求那个，女子就说不行，时间还不到。男子就责备她：你拖延什么吗？女子说的：不是我拖延，是“子无良媒”，你看你连一个媒人都没有请来。天上无云怎下雨，世间无媒怎成婚？这个是《武家坡》里面薛平贵唱的。一定要有媒嘛，你连媒都没有，所以不能够在宾馆里有再超越的事情了。恋爱只能够这样，因为这个女子还有一些守卫自己的红线，就跟他解释不是我拖延着不上床，实在是你连一点手续都不具备。

然后“将子无怒”，“将”要读“qiāng”，将者请也，“请子无怒”，请你不要发脾气。因为你可以推测那天晚上在宾馆里男子就大发脾气了，起初看着还憨痴痴的，到了这儿就发脾气了，那个女子说的：哎呀，请先生不要生气。

你注意，第一段用了三个“子”，“子”是男子尊称，就先生。“送子涉淇”，我送先生过了淇水。“子无良媒”，先生你没有找到好的媒人来。请先生不要生气，“将子无怒”。

“秋以为期”，我们就把婚期定在今年秋天。你注意收丝是在夏初，那么到秋天至少还有两个月吧，女子就跟他许了，这个叫私订终身，这个就已经是淫奔野合了。按照宋儒朱熹他们（说的）这个（就）太可怕了，他如果还活着，看到今天的话会说遍街都在淫奔。

这是第一段，把男朋友送走了，送到顿丘这儿。女子也有所觉察不能再送了，再送要出事，所以我们可以推测这个男子的家在哪里，因为这样顿丘再一过去，最近的地方就是山东境（内）。收生丝的贩子是山东人，山东古代经济、文化发达，那个地方的男子也奸猾些，那么憨痴痴的只是他表面上装得很萌的样子，就把女子骗到了。

把这个男朋友送走了以后，女子就在她那个村里天天望，望着望着啊。因为从前的村，每个村有个寨子，寨子周围筑了土墙，出这个村一定要出这个寨子，有一个门，不是四面八方都是敞开的。古代那个社会容易发生各种互相侵犯，每个村它要自保，周围都是筑了院墙，有一个关，夜晚门还可以锁上，那么进村来一定要进那个关。

这个女子一天在家中，又不能够出去到处走，父母不允许。在家中想这个男子，就爬到自己家里那个院墙上的缺口。“乘彼垝垣”，乘者升也，“乘”字的古文字写法是两只脚踏着木头，意思就是爬梯子上去，梯子搭起，爬到自家院墙的那个缺口那儿，有个缺口才好张望，那个女子趴在缺口那儿，两个手就靠到缺口，就往那头望，望那个复关，望着男子回到村中来。那个关就是栅，她那个村子周围那个寨子有个门，就去看，看那个男朋友回来没有，一天到晚就趴到墙缺口上，在那儿看。还是很老实的一个女子，如果画插图的话可以画她的背影，一个院墙的缺口，她两个手趴在上面的，憨痴痴地往远处的那个村的栅子口那儿望。

“乘彼垝垣，以望复关”，望着他回来，“复”是返回，“关”是那个村子的寨门。“不见复关，泣涕涟涟”，哎呀，天天望也望不到他回来。眼睛里流出的叫“泣”，鼻子里流出的叫“涕”，这女子哭得好伤心，一个人在墙缺口那儿望了半天，看到还没有来就哭了，“涟涟”表示泪水流得很多。

望啊望啊，终有一天望到回来了。“既见复关”，哎呀！对了，这下就看见了。已经看见了，“既”就表示已经（看见）了。看到他回来了，赶快就跑去接他。你看“载笑载言”，“载”要读成“jī”。“载笑载言”就是又笑又言，载歌载舞，就是又歌又舞，“载”要读成“jī”，是一个虚词。这个“载”你别看到有个车，以为一定要拿车装着的，它用到这儿只是取它的音，就是“继”。因为“载”跟“继”的古音通，因此我们在读诗的时候就要读“载（jī）笑载（jī）言”。

“乘彼垝垣，以望复关，不见复关，泣涕涟涟，既见复关，载笑载言”，就是说两个人已经有说有笑的了。他们那个时候恋爱非常自由，在村子里面大庭广众之间都可以载笑载言，不是我们后来想象说那个地方男女授受不亲，说话都不能说，有好多规矩是明清以后才有的，远古的人反而自由得多。你要注意，他们这个婚姻是真正的自由恋爱！

然后那个男子来就跟她说了，女子就重复说的“尔卜尔筮，体无咎言”，你说你在老家那边已经找算命的用乌龟的甲拿来卜了兆，又用蓍草，有一种草，蓍草来算了命。蓍草是一把，怎样算命？从空中一撒下去，然后看它横的好多，纵的好多，斜的好多，然后就这个就叫兆。就是根据落下去的这些拿来算就叫卦，拿来计算吉凶。你看，用了两种方法，这个男子来给她说的，你放心我这回回去又龟卜了，又用蓍草打了卦，什么都弄了。

“体无咎言”，什么叫“体”，卜，进行卜的那个兆。龟甲上面裂的那个口，裂的什么裂纹就叫兆，用蓍草从空中撒下去，各种纵、横、斜也叫兆，兆都叫“体”，晓得不，这个是个算命的专业术语，“体无咎言”，就是说得到的兆象没有什么坏话，“咎”就是过失、不吉利，没有说什么不吉利。

你仔细注意，这个女子的轻信。只是男子来了才给她说，我已经去算过命了，你晓得他算过没有？这个女子看到男子那么老老实实，以为他一定是去算过了，这个中间就留下了问题，很可能那个男子说了谎，说已经算过了，你放心，嫁给我没有错。

“尔卜尔筮，体无咎言，以尔车来，以我贿迁”，你只要把婚车给我拉起来，我就把我的陪奁装到跟我一起给你送上去。这个“贿”叫货，财货、财产就叫“贿”也叫“货”，这个“贿”并不是天生就有原罪的那一个字。因为今天的贪官他们大量行贿，结果把这个字也弄脏了。这个“贿”就是一般的财，要陪嫁，女子嫁的时候人坐着花车，后面还有好多车辆，娘家里办的各种陪嫁用品都要送去。旧社会的陪嫁用品弄得多，铺盖要好多床，毯子要好多床，四季换洗衣服，还有连红漆马桶全部都要作为陪嫁品送过去。

你们仔细把第一章和第二章比较，大不同：第一章用了三个“子”尊称先生、先生、先生；第二章就是“尔”了，“尔”就是你，我给你说这个“尔”的古音就是“你”，你我的那个你。你看，我们今天写的那个简化字的“尔”，实际上是繁体字“尔”的草书，草书它就要拄两点，后来把这个草书代替了它的正字，就是“尔”，所以就害得现今演电视的演员一开口那个就说“尔等们”，古人没有这样说的，“尔”是南北朝以后才有现在的“尔”那样的音，在那以前全部读的是“你”，就是“你等”“你们”。第一段都是尊称“子”，先生，第二段都“你我”了，亲密程度大不同。你看，一个尔，两个尔，三个尔。第一段三个“子”，为什么“子”一下就变成“尔”了？两个人亲密了，用不着再去称先生，晓得不，再一亲密点不但“尔”，还可以骂“死人”，这是第二段了。

嫁过去了。你看后来果然任何媒人都没有用，只是男子来给她说：哎呀，算过命，人家说我们两个配得起，配得起，什么星座配什么星座，（什么）血型配什么血型，没有问题。星座和血型就是古代的卜跟筮，古代的卜跟筮留到今天就是星座跟血型。这是一种很时髦的迷信，很好，不用媒了。

我告诉你，这个原因是由于他们那里是商朝，商朝的妇女都有地位的，祭祀的商朝祖先包括女性祖先，商朝有女将军，不像周民族。周民族历来男女分得非常严格的，商民族没有这些，都是你们后人看见他们这儿说哎呀淫奔，淫奔，他们在当时人家风俗就是这样的，就是真正的自由恋爱，连媒人都不要。

嫁过去了，结果两个都是普通男女，不是特别好，也不坏，也没有做什么恶事，那悲剧就来了。嫁过去以后，很快容颜变老，因为女性比男性更容易显出老来，女子结婚三年样子也变了。现在这个社会有时候结婚三年以后更好看了，古代不一定，因为那些妇女嫁过去又很苦，还要操劳，三年以后可能就是容颜大大变了，就是他们说的颜值就低了。

女子不好直接说，就换一个很诗意的比较，叫“桑之未落，其叶沃若”，什么叫“落”？不要去看字面意义，就是老，桑叶还没有老，就叫“桑之未落”，“落”和“老”两个完全是口语，他们有些地方的方言根本就读的一个音，所以说不一定落下来才叫落。桑树叶子还没有老的时候，“其叶沃若”，“沃若”就是我们今天还在用的一个连绵词，这个不要看它的字义，要以音求之，“沃若”，“若”读成“娜”，“沃若”就是“婀娜”，很好看。就说桑叶还没有老，叶子很漂亮，意思是从前我没有嫁过来的时候，就像那个桑叶，每片桑叶都非常漂亮。

说到桑树，她马上——这个农村女子，才有这些生活。“于嗟鸠兮”，“于嗟”就是我们现在读的“哦呀呀”，“哎呀呀”就是“于嗟”，斑鸠啊斑鸠，是因为他们农村里，每个村不晓得好多斑鸠，一天咕咕咕地叫的那个斑鸠。斑鸠哦，你不要吃桑果，桑葚——桑树结的那个紫红色的果果。这个女子的口气：斑鸠哦，你不要去吃那个桑果哦。为什么不要吃呢？古人早就发现，“鸠食桑葚则醉”，书上有这个，是因为桑果中间那些液体到了斑鸠的胃里面，一发酵中间要产生酒精成分，那个斑鸠桑果吃多了，站到树上一下子就翩翩落下来，拿给人家抓住杀来吃了。所以说她说的“哦呀呀，斑鸠哦斑鸠，你不要吃那个桑果啊”。这个女的现在觉得晓得了，早晓得了，就说的：你看嘛，从前我还那么漂亮，一吃了禁果，吃了禁果，像亚当、夏娃眼睛开了一样，这下就这样，最后我就落到这样子，人也老了。

“于嗟鸠兮”，哎哟哟，女人家们哦，女子们哦，“无与士耽（zhèng）”，你们不要去和男人两个搅在一起，这个就是“耽”（zhèng），本来读“dān”，在这儿的要读“zhèng”。这个“耽”（zhèng）是什么意思？本人是唯一发现的，古今以来解释这个“耽”（zhèng）字都是用“沉湎于酒曰耽（zhèng）”，就是一天到晚喝酒上了瘾。其实这一个“耽”（zhèng）字就它的本义讲，就是枕头的“枕”。古人是只用音，如果写来就应该是木旁，就说女士们，不要去跟男子两个枕，是什么意思？睡一个枕头。枕头作为名词读“枕”，睡枕头就叫“耽”（zhèng）。女子们哦，你们不要去和男人家睡一个枕头，“无与士耽（zhèng）”。

“士之耽（zhèng）兮，犹可说也”，睡了一个枕头，有了关系以后，如果是个男子汉，人家还可以解说：哎呀，别人会原谅他，哎呀，说他们男人家是这样，他就不会有什么。如果女子是这样，人家说：哦，淫妇来了。在那个时候已经有这个问题了。你看，“女之耽（zhèng）兮，不可说也”，就说男子有了这些男女关系还说得清，就是个党员同志检讨一下也就算了，这个现今有些男子还有意宣扬自己的性能力，不以为耻，反以为荣，中间有好多女人他都见过了。所以“士之耽（zhèng）兮，尤可说也”，到现在都还管用这个话，他说得脱，“女之耽兮，不可说也”，你就说不脱。

这个“说”字，闻一多另有解释，解释成“脱”，就说的男子怎样沉醉于爱情里，还可以脱身，女子就脱不了身，他们是这样解释的。其实大可不必，就是按照这个说，把它读成“说”，一样能够解释。郑玄在解释这个“说”字只用了一个词叫“解也”，解释的解，就说可以解说，女的就不行。女的弄到最后就终身背一个（不好的）名誉，在那个时候就已经有这个。结了婚以后，这个女子觉得自己变老了，觉得原来憨痴痴的这个氓结果是非常奸猾，小滑头，就说明农民中间的那一种滑头子，而且嫁过来以后才发现他不是商人，也不是很有钱，因为底下这儿接着来的就可以证明了，证明还是一个普通的农民。

“桑之落矣”，桑叶老了，“其黄而陨”，老了先就黄，接着就落下来了，所以说为什么我要把这个“落”解释成是老了，而不是“flow down”，不是这样，因为你这儿都用了“落”了，如果这样子都没办法翻译了。就说桑树叶子落了，落了就黄了，黄了又落了，不是不通吗？所以我要换一种解释，不看它的字，以音求字，就是老，桑叶落了，先是黄了，然后陨落。这个女子她心头还非常灵，还有诗的比喻手法，她不直接说自己眼角起皱纹，眼皮又怎样泡啊，不这样说。从桑树说，因为她就是一个采桑养蚕女，她熟悉的就是这些，就身边的琐事拿来起兴，直接说桑树，用桑树来给你留下诗意的比喻。

“自我徂（chù）尔”，“尔”读“nì”，“徂”就是我们今天的“去”，读“chù”，就是说自从我去了你那里。“自我徂尔”，自从我到你那里来，“三岁食贫”，一晃三年了，吃得很差。人家普通的女子是有这个要求，原来我看到你拿着钱币抛来抛去，我以为你很有钱，结果嫁过来三年了，过着很苦的日子，还没有我娘家过得好，“三岁食贫”。古代的贫穷从饮食上分，今天的贫穷从你有没有汽车上面分，这是大不同，所以她用食贫。

“淇水汤汤，渐车帷裳”，女子回过头来说，想当初我嫁给你，你把婚车驾到我村里面，我从村里面坐起花车出来，车子还从淇水里面过。注意，这个时候是秋季，淇水不是一条很大的河，秋季在黄河流域这一带有洪水，秋天的洪水来了水就要涨。当初我的婚车在渡过淇水的时候，由于这个车子是结婚用的，上面有帷，有裳，“帷裳”指车身的帷幔，就跟旧社会那个坐花轿一样，新媳妇儿花轿四面都是各种花弄来遮了的，不能够给人看见。由于洪水涨了，把我的婚车上面的帷裳都打湿过。这是什么意思？女子把这个说出来，说我是坐起婚车，坐起花车嫁到你山东这边来，一两百里嫁过来的，我的婚车曾经走淇水里面渡过，从前的车轴有两尺多高，把车帷都打湿了，那个水就相当深了，两尺多深的。就是说淇水可以为我的婚姻做证，它曾经打湿我婚车的帷裳，就说我不是随随便便就到你这儿来的，是坐起花车来的，你虽然忘记了，但是淇水还记得它浸湿过我的婚车。“渐”就是“浸”。由于“浸”是缓缓地浸，所以“渐”就是一步一步地就叫“渐”了，渐之所以有三点水，本意就是浸，慢慢地浸。“渐车帷裳”，叫天知地知淇水知。

“女也不爽”，这个“不爽”我们今天就是说她心头不快活。这个“爽”的本来意思是一个人穿起胡椒眼衣服，夏天的，有孔洞的，非常凉快，所以叫凉爽。你看它这个字，就是一个人身上穿的这个纺织品中间隙了很多缝的，是这样的，叫爽，所以叫爽快。既然隙了很多缝的就叫漏洞，所以说“爽”的意思又引申为有所疏失，就说我没有什么过失啊，所以爽就是过失，引申指我没有过失啊！

是男人，“士贰其行”，“行”是行为，他改变了她的行为，那么这些就把它当作贰来讲，“士贰其行”。清朝的一个大学问家高邮的王引之著过一部书叫《经义述闻》，他是训诂学大师，他说的这个“贰”字一定错了，他说的应该是“dái”，“dái”字怎么写呢？就是你看见这个“贰”，只要把中间贝壳这个“贝”的上面两横去掉就读“dái”，“dái”指变心、变化。王引之说的意思是女方没有什么过错，男方变了心，改变了他的行为。你看最早称他是“子”，是先生，后来两个人相好了称他就是“尔”了，现在他们这个发生冲突了，婚姻破了，就称“女人”“男人”，这样称了，“士”就变成男人了，就说女人没有什么错，男人自己改变了行为。你要知道这是泛指，不光指她的丈夫，说天下男人都是这样，对不对他们就变了。这个女的也很气，女方有好多气到了一骂，本来骂自己丈夫，后来就连天下男子一起骂。

就说的我原来认识有一位老大姐已经都不在了，她和她丈夫处不好，她丈夫对她不好，有一回她就指着我说“就是你们这些男人”，跟我有什么关系呢？我就晓得古人就是这样了，她一骂，她就连男的全部骂了。

“士也罔极”，“罔”是无，“极”是终点，没有一个终止，任何东西有个极嘛，一条线走到端叫极端嘛，唯有男人们，你不知道他们的极点究竟在什么地方，叫“士也罔极”。就不可测，其心不可测，“不可”读快了就是“叵”，就是“其心叵测”，男人们都是其心叵测。“二三其德”，所以这个女子气慌了，男人全部骂。“二三其德”就是说他变来变去的嘛，没有个定准。“罔极”，“极”是终点，终止的那个，凡事人家要有个终止，男人们，你不晓得究竟最后他要怎样，“士也罔极，二三其德”。

“桑之落矣，其黄而陨，自我徂尔，三岁食贫，淇水汤汤”，“汤”要读“shāng”，在《尚书》里面是“汤汤洪水方割，荡荡怀山襄陵”，读“shāng”，“淇水汤汤，渐车帷裳”，那是秋天涨了水，它还看到我的婚车从河里面渡过，打湿了我的帷裳，我没有什么过失，男人们自己变来变去，男人们其心叵测。“二三其德”，他们的德行一会儿是二，一会儿又变成三，你晓得他们究竟是二还是三。

“桑之落矣，其黄而陨。自我徂尔，三岁食贫。淇水汤汤，渐车帷裳。女也不爽，士贰其行，士也罔极，二三其德。”这个“极”要读“jié”，我们家乡金堂县的土音，读这个“极”就是读的“jié”，“积极分子”我们都喊“积极（jié）分子”，读到“jié”恰好押到韵的。“士也罔极，二三其德。”

然后这个女子就开始诉苦了，“三岁为妇，靡室劳矣”，嫁到你这儿来三年了，女子变成妇人，没有家中劳务了，什么叫没有家中劳务？家中劳务拿给我一个人包完了。这一个男人虽然穷，但是也是老爷们，从不做家务劳动，所以“靡室劳矣”，没有家务劳动了，是说男人你一样都没做，拿给我包干了。

“夙兴夜寐”，“夙”是天亮前，“夜”是黄昏后，所以我是起早睡晚，“靡有朝矣”，不是一朝一夕，我三年都是这样起早睡晚。这个“靡”就是我们现在说的没有那个“没”。“三岁为妇，靡室劳矣”，你看这个“矣”在这儿有好深的感叹哦，“夙兴夜寐，靡有朝矣”，多半用到“矣”这里都是有气无力的感叹，所以“矣”这个声调都是往下面沉的。

“言既遂矣，至于暴矣”，“言”就是“俺”，就是“焉”，就是“我”，“遂”是顺从，最初我还有些不顺从，觉得男女应该平等嘛。哎呀，后来遇到你这个这么穷，还是个老爷们，我没有办法了，我顺从了你了。唉！顺从了你，你还致以暴言，原来我还要跟你吵几句，你还不敢动手强暴打人，现在我晓得跟你争一阵惘然，我顺到你了反而你还打我。

“兄弟不知，咥其笑矣”，我去告谁啊？我去告，只有回到娘家去跟我的哥哥弟弟们说，就说你们那个姐夫哥欺负我。但是那些兄弟，“咥其笑矣”，（咥）这个字本来是读“tiē”，这儿读“xī”，脸上笑嘻嘻的，为什么呢？因为她这些兄弟跟他丈夫一样都是普通的农民，都是老爷们，都是要把女人马到的，听了他这个姐姐回来诉这个笑一下，意思就说：哎呀，我们都是这样，这个有什么告头，你何必来说？

“静言思之”，“言”在这儿就是虚词了，我冷静下来一想，“静言思之，躬自悼矣”，“躬”自身，自称自己自身，我只有自己悲哀，找不到人说，去跟我最亲密的兄弟说，说了他们当做耳边风只嘻嘻笑了一下，意思就是说：哎呀，这算什么嘛，争争吵吵，男人家是这个样子嘛。找不到地方说了。

你注意：她这个丈夫没有二奶，也没有外遇，如果有那些你还有个解释，说有其他的人进来把家中夫妻关系破坏了。没有！为什么说是最日常，最普通，从古到今从来都没有断过的，这一种不为人所注意的悲剧。人性中间的弱点，日久生厌，起初讲恋爱的时候狂热得那个样子，最初来见面的时候装得瓜兮兮的，样子很老实。所以我看他们现在这些征婚的那个频道，那些女子来说要找一个老实可靠的，我就笑。天哪，他就老实可靠，“氓之蚩蚩”，你怎么晓得人是怎么变的，他就面子上，人家装得很可靠、很老实的样子，结果一结婚三天他就打人。“躬自悼矣”，这个“躬”字我们现在都不兴这样用了，晓得不，这个“躬”就是我自身，就相当于“myself”，我们中国人现在在“躬”这儿的都用“我”了，我只有自己悲哀，自己悲哀自己，给人家说，连兄弟都听不进。

“及尔偕老，老使我怨”，跟着你一起到老，老来使我更加怨恨，现在还没有老，为什么是这样的一句？你注意，这一句是重复她丈夫的话，她丈夫在当时一定就责备她，就说你说过要跟我两个白头到老的嘛，你现在你就这样了。她就说的“及尔偕老”，反问：我跟着你白头到老吗？到老来我会恨你一辈子，“老使我怨”。所以这个中间没有第三者，如果有了第三者情节就热闹了。没有这些，所以为什么我说这是普通人的日常悲剧从古演到今。女子浅薄，认为那个男子是瓜兮兮的，她又爱虚名，看到男子抛布贸丝，认为很有钱。其实这个也没有错，她这个也不是错，就普通的人性中间的弱点，男子也是，他最初就是爱这个女子，直到要分手了，他都还在说你答应我，我们要白头偕老，怎么怎么的，没有发生什么剧烈的事情。为什么我说他是契诃夫式的小说，就是这个，“老使我怨”，我受不了了。

“淇则有岸”，我家乡的这条淇水总还有两岸，就说我各种忍受总还有个底线，我忍受到底线了，就是淇水都还有两个岸嘛，到了岸它就止了。我就是不能够忍受，不干了，我们要分手。“淇则有岸，隰则有泮”，（隰）这个字读“xì”，“隰”就是，它的解释我们今天叫“湿地”，有那个水的地，英语叫“meadow”，沼泽。就说的淇水还有两岸，一个沼泽再大总还有边边，“泮”就是边边，把三点水换成一个田旁就是边边，意思就说的我忍受要有个限度。对了，那么这里就有其他的解释了，余冠英先生考察了，说这个字，这个“隰”，沼泽，不对！结果他这个结论，本人把地图拿来详细查了，查了他们女子送男子走的这条路，有一条河叫隰河，这条河现今由于黄河改道，已经不存在了。

这里是朝歌城，这个女子的家在朝歌城的郊区，城外，这里是一条河，就是古代的淇水，他们渡过了淇水，还渡过了卫河，但是现在没有这条河了。那个时候还没有这一截，那个时候淇水走这儿的，顺到在这儿的，淇水要绕过顿丘，所以你就晓得了，她送他是在这儿渡过了淇水，再往前，再往东一直送到顿丘，送到顿丘的那头要经过一条水，叫隰水，就是古代的“隰水”，这个字要读“隰”，他们经过了两条河，先是渡过了淇水，然后走这儿到顿丘还要渡过这个“隰水”，这个“隰水”的“隰”，余冠英先生考证这个字要读“tuo”，就是这个隰，这样的读法绝对是可信的。

你看，艺术结构本身要有它的合理性，这里是一条眼前经过了的河，实实在在有的，叫淇，这个绝不可能是泛指一般的沼泽。艺术结构本身有一种艺术上的合理性，我可以推测（隰）一定也是一条河。果然，这条河就是隰水。你看他们渡过了这个，她送那个男子走，后来的婚车也是走的这儿，是跟这个隰水平行的走，走到快要到顿丘了，还要渡过这个隰河到顿丘。所以这个泮和岸是一个意思，淇水有它的两岸，隰水也有它的两岸，这样才和这个女子的眼前景物相适应，作为诗歌这样的结构才有它内在的合理性。

“淇则有岸，隰则有泮”，我总要有个底线，超过了我就不干。“总角之宴，言笑晏晏”，回过头来说，从前我们讲恋爱的时候，因为这个男子也不是已婚男子，一样的是一个普通的少年男子，就是一个氓。无论男女在婚前都不梳头，男子的打扮，只要你还没有结婚都有两个角，女子也是两个角，只有结了婚，女子加笄，就是一把梳子把头发梳起来在后面，在后面去把头发盘住就叫笄，男子也是把两个角去掉，头发梳上去盘成圈。“总角之宴”，家中欢乐曰“宴”，“宴”字的结构，上面是屋盖，指的是家中，底下是声符，因为一个日，一个女，这个字实际上是这个“晏”的简写，这个“晏”更要早些，把这个“晏”拿来做这个“宴”的声符，于是就把这个宝盖去掉，叫“shèn”，它作为声符在这儿的。家中的快活就叫“宴”，“宴”不光是吃一顿。

“总角之宴”就是出嫁以前，你在结婚以前，我们讲恋爱时候的那个欢乐都叫“总角之宴”。那个时候的欢乐“言笑晏晏”，一边说话一边笑，为什么是“晏晏”呢？因为有一种版本的这一个晏加一个目旁，眼睛那个目旁，这个晏本身是从日安生，指的是天晴就叫晏，所以艳阳天实际上就是这个晏，后人把它写成女子漂亮那个“艳”。不是，是这个“晏”，这个“晏”就是太阳光照得很明亮，那么加个目旁“言笑晏晏”，眼睛里面在闪光。讲恋爱的时候男女双方的笑，眼睛里面都在闪光，结了婚吵架以后就没有了，任何（时候）都没有了。所以这个女子还回忆起，当初我们讲恋爱你来收购生丝的那个时候，我们好快活，我送你，在路上送了一百多里，送到顿丘，我们有说不完的话，眼睛里面都在闪光，我看见你的眼睛闪光，你也看见我的眼睛在闪光。

“信誓旦旦”，“旦旦”要读“tán tán”，坦然，就说的我们彼此赌起咒来，发个誓，我一定要跟你好到底，随便怎么都不变心，说得坦坦然可信，就是说没有说谎话。当时说得还是很诚实，但是过了就是处不好。所以是说它是日常生活的悲剧，那个时候你还赌了咒的，说一定要跟我怎样好怎样好怎样好。

“不思其反”，你都不反省一下，意思就指他，你现在对我那么恶，有时候你还要打我，你为什么不反省一下呢？你从前赌过咒的，当初你宣誓的时候，我看起来你的样子不是欺骗我，你还是坦坦然的呀。没有办法，无解，你看，“反是不思”。从前的事情叫“反”，我不再想了，这个女子说的：你不反省你自己，你不想想你从前，我也不想了。所以这个女子还是有点扯。“反是不思”，我也不想了。“亦已焉哉”，历来的解释就说的，最后就无可奈何。不是！你们要注意，是“已”，什么叫“已”？了断！你都能够这样，我也做得到。“已”，终止，我们就结束。为什么要加个“亦已”，你先结束我，我也就跟着来，叫“亦”，所以这个不是说无可奈何就忍受下去了，就这么就分手了。

结婚没有扯证，离婚有没有办离婚手续，说声散它就散了。朱熹的《诗集传》里说的：“此淫妇为人所弃而自叙其事，以道其悔恨之义也。”按照朱熹的说法，这个诗是那个女子自己写的，后人不同意。确实不是，因为那个时候的诗人有这些工夫，就是模拟女子的口吻，写出来比女子本身的叙事更生动、更真实，所以这是一首创作的诗。像这样的诗确实不是某一个人写的，这个长篇故事拿来唱，一定当时就很流行。现在他们说这个诗是讽刺，讽刺卫宣公那个时候，因为总把这个原因推到（国君身上），说这个国君，卫国这个宣公是个昏君，所以在他那个底下男女都乱了套。大哪，那才不一定，我怀疑这首诗根本就不是周朝的，商朝很可能就有了。像这样在民间流传某一个女子诉说她的悲伤事情，一定有演出团体拿来唱，可能还有角色画起妆出来一边表演一边唱，表演这一个女子，出来这样唱。那么这首诗的作者不可查，也不是一个人，但肯定不是朱熹说这个淫妇自己在那儿不要脸拿来说。在流传、加工、演出的过程中，不晓得经过了好多修改，所以最后到商朝亡了以后进入周朝，周朝后来到春秋初年搜集诗歌就发现了这首诗。他们那个时候的这些儒生，对先秦的（制度）都是抱有很深的成见，说这些都是野合淫奔，男女搞得不像话，都是那个国君的不是，卫宣公，不是这个，没有这么简单。这样完整的、写得非常好的诗不晓得经过了好多人的手，一代一代地流传下来的。这首诗我觉得最值得拿来说的就是，你看中间没有二奶，没有第三者，一样的悲剧，男女人性上的弱点，只有这样的，一点都不显得编造，而且非常深刻，读完以后你久久难忘。

召南·小星

召南·小星

嘒彼小星，三五在东。肃肃宵征，夙夜在公。寔命不同。

嘒彼小星，维参与昴。肃肃宵征，抱衾与裯。寔命不犹。

《召南·小星》这首诗也是《诗经》前面部分的，属于《周南》。

《召南·小星》这首诗的内容我怀疑非常古老，比这个周朝还要古老。在这首诗中间所表现出来的一年是两个季节，不是春夏秋冬四个季节。春夏秋冬四个季节是从周朝以后才这样分的，在商朝的时候甲骨文的一年只有两个季，一个春，一个秋。春就管了夏，秋就管了冬。

这一首诗共两段，第一段的天空的星象表现出来是春季，第二段天空的星象表现出来的是秋季。所以，对这样的诗，我们应该要有这个思想估计，特别是这个一看是很有民歌味的，你要知道一些民歌是非常古老的，就是在我们这个时代唱的有很多民歌，可能明代、清代那些都有残余留下来。

比如山西的《走西口》，现在也还在唱，但是你看它的那个内容可能是非常古老，古代就有了。这首诗我在讲它之前，先要讲围绕着这首诗的一些状况，我们好了解这个《诗经》是用什么形式流传下来的。我们现在所看见的《诗经》，没有一个是古本，原本没有。这个原本只有孔夫子有，经过了他的手，因为历史上《史记》上面就记了他删诗，所谓删就包括整理，说是三千删成三百。那么一搜就搜罗得非常广，三千这个数目也只是那样说，我们也不知道究竟是否那么多，反正是很多，经过了孔夫子选、编，但是那样的原本没有了，没有了，是因为在秦始皇统一天下后就开始焚书。《史记》上面说的“焚诗书及百家语”，秦始皇的头号敌人是《诗经》，列在第一，必须要烧。这中间是有道理的，就秦始皇的眼光没有错，他看得准，因为在所有的儒家经典中，唯一体现民间的声音，要求平等，要求自由的就是《诗经》，《诗经》中间很多很多。《诗经》的很多东西超出了后来的儒家规范。秦始皇他要搞这种绝对独裁，绝对统一，所以他把诗捉到是第一个，经过他那样一焚烧，规定凡有隐藏《诗》《书》超过了一个月的都要抓起来，抓起来做苦役。

男为城旦，女为鬼薪。什么叫城旦？修长城，守城门，值夜班。什么叫作鬼薪？妇女，如果你们家里有这个《诗》查出来了一下抓去，夜晚砍柴。还有白粲，白粲是什么？受处罚的这些家庭妇女，把米一颗一颗地选，颜色不好的不要，瘪了的不要。从此不把劳动当成劳动，所以这个处分是非常重的。

秦火以后，《诗》就毁了，但是这个诗有一个特点，它有艺术性，又有音乐性，能够背诵，是绝对焚不尽的。因为在周初就开始流传了，到春秋时代孔夫子把它们整理出来，首先拿来教他的学生，那么很多学生都能够背诵。背诵《诗经》不足怪，我在年轻的时候，当时有些私塾里面的小孩比我年纪都还小，能够全背，当然他不一定懂它的意思，所以唯有焚这个《诗》不起着什么作用。果然，秦一亡了，进入汉以后，《诗经》又流传开了，那个时候是以手抄本的形式流传开，这些就是当时上了年纪的老人背诵出来的。

那么多老人一起背诵，就有各种不同的底本，誊录出来的内容就有差异，所以从那个时候起，《诗经》又流传，就是各家的手抄本。这些手抄本相当多，当时最权威的是三种手抄本：一种叫齐诗，齐国的；一种叫鲁诗，鲁国的；一种叫韩诗，韩国的。这三种版本互有出入，文字上面的差异大，而且是三种不同的版本形式。那么后人研究这个就叫三家诗，齐、鲁、韩三家诗。进入东汉了，又出来一个第四家，在当时传这种手抄本的是两个官员，一个叫毛苌，一个叫毛亨，又尊称他们一个叫大毛公，一个叫小毛公，就说他们传出的这一种抄本比三家诗好，那么这个就叫毛诗。

毛亨跟毛苌在传这三百〇五首诗的时候，每首诗的前面加了一段序，这个序就叫“毛诗序”。“毛诗序”就叫导读，就是大毛公和小毛公写这一段文字来帮助读者了解这首诗的内容。你看，这样的诗的形态，从前没有序，它就开始有了序了，就附到《诗经》的前面。序过了才是原文，原文到东汉郑玄又给每一句都加了“笺注”，什么叫“笺”呢？等于现在我们贴一个便条在上面，比如第一句、第二句，每句的后面它都贴一个条条，加以注释。

那么就有毛序、郑笺，郑玄加的这个笺注。这个郑玄是东汉人，距离三国时代都非常近了。当时他设了书院，教了很多学生，传说他是《诗经》的权威。有一个故事，就是他家中的两个丫鬟，小丫鬟说他家不但传《诗经》，连小丫鬟都会背诵《诗经》，所以他们那个郑家就叫“诗婢家”。现在我们这里有家文物店还叫“诗婢家”，是因为20世纪40年代那个老板姓郑，所以他就把他们郑家家里的典故拿来做了招牌。说这两个丫鬟怎么用这个诗呢？有一个丫鬟走那儿的，突然看到屋檐底下土地上面跪了一个小丫鬟，她就去问她，问话用的句子是《诗经》的句子，叫“胡为乎泥中”？为什么你跪在泥巴地上呢？“胡为乎泥中”是《诗经》中间的一首“式微，式微，胡不归，微君之躬，胡为乎泥中”，她问她的话都是用《诗经》问的。地上跪着的小丫头的回答就是，也用《诗经》回答，叫“薄言往愬，逢彼之怒”，翻译出来就是：我急急忙忙去给他倾诉，结果惹得他发脾气把我骂一顿，弄到这儿来跪。所以这就是说他们家里的人连丫鬟都说诗。

这就是郑玄，他在当时，天下人都承认他是权威，因此每一句他都加了笺注。那么这样这个事情还有没有了，到唐代，孔颖达又在《诗经》每一句的郑玄笺注底下又加以疏，疏通那个“疏”。疏是什么意思呢？头发乱了拿梳子梳一下，文字弄不清楚，中间说得很麻烦，他把它梳理一下，所以加一段疏。加一段疏就是又来重新把郑玄的注解跟“毛诗序”的原文（结合起来），怎样和这个结合起来加以梳理，还是一种导读。

然后到唐代后期，又有一个张守节，张守节给《诗经》加“正义”。“正义”就是说前面解释意义的有很多家，其中哪些解释得对的就叫“正义”，又把它拿来引用。从汉代到唐，一些新的见解，张守节认为解释得好的把它引用到上面来，叫“正义”。

你看，诗本来是《诗经》，后来有了毛诗，毛公的版本，后来又有“毛诗序”，这个序就附到《诗经》上面了，到了汉代又有郑玄的笺注，到唐代又有孔颖达的疏。所以附到《诗经》上面的文字，其数量是《诗经》原文的一千倍，这样大的体量。所以我今天除了讲诗以外，先给大家讲了前面这些，叫“诗经学”。因为《诗经》已经形成一种学问了，叫诗经学。我必须要把这一段讲了，我才能够讲这个序。以往我给大家讲的那些诗都有“毛诗序”，但是只有这一首我把序的原文给你们抄出来，看大小毛公是怎样解释这首诗的？

“《小星》，惠及下也”，这首名叫《小星》的诗是把好处留给下贱人，他们在当时就是这样说的。“惠”就是我们现在说的优惠，给好处，给哪个？给下，下就是下贱。这个是什么意思？它说的，“夫人无妒忌之行”，国君的大太太就叫“夫人”。这个夫人按照儒家的理想，第一不能够嫉妒，什么是不能够嫉妒？就说你那个国君随便他去找好多太太，你都要从旁协助，不能够做脸做色，更不能够出来反对、打架。那么这个就被认为是美德。《诗经》里面就是这样说的，说周文王的太太就一点都不嫉妒，说周文王的太太叫太姒，“大姒嗣徽音”，就说太姒具有美好的品质，“则百斯男”，于是文王就有一百个儿子。这个意思，就说他大太太有优秀的品德，她的丈夫就有一百个儿子。这什么意思？就说是周文王可以不停地娶些太太来，就生了好多娃娃，这个大太太太姒由于有美好的品德，一点都不嫉妒。哎呀，我说这个儒家的荒谬就表现在这个地方，全部不合人性的，但是他们就是这样，把这个作为美德，现在这些宣传儒家的都不提这个。其实这个是儒家里面一个非常重要的部分。

所以，为什么我们（对传统）不能够照单全收。说现在提倡儒学，连这些都要学，这些都是糟粕，糟粕。你看，大太太不要嫉妒，夫人无嫉妒之心。“惠及贱妾”，什么叫“惠”？陪着国君上床，对大太太说来是给你一个恩惠，给那些贱妾，它为什么用的这两个字？贱妾。“进御于君”，给这些贱妾以机会，使她们能够——“御”是“用”，进用于君，就拿到国王那里去使用。所以这首诗按照诗序来说是赞扬大太太的美德，就是夫人。

那么这些贱妾，她们晓得了，她们受到了教育，“知其命有贵贱”，就是说她们一个个都很本分，晓得她们这些下贱人命中注定就是下贱，要心甘乐意的下贱下去，不能够和大太太一样。所以说这些贱妾都心甘乐意，能尽其心矣。就说她们就能够对国君表现出耿耿忠心了，国君要怎样那就怎样。

所以这一个序一定要选到这里，我们要看一看，那个时候的儒家的人伦理想就是这么一回事！要知道真相。然后有了这个以后，那么郑玄就按照这个意思来讲的，《诗经》郑玄的笺注就是按照这样来讲的。孔颖达的疏就进一步发挥了，进一步解释什么叫夫人，什么叫贱妾。孔颖达的疏上面说的，一个国君，春秋时代的一个国君的统辖不过就是一个县那么大，可能有些比一个县都还要小一点，那么他有一个夫人，夫人的地位是和国君同等地位，就像日、月双悬于天，君王是日，夫人是月，配成对的。那么再一下来就还有妾，根据孔颖达给我们说的，这个夫人在嫁过来的时候，把她的好多个妹妹，包括同父异母的妹妹全部都带来，带来就都是妾了，叫贵妾，就不是贱妾，是有地位的。虽然不是圆月亮，也可以配个弯月亮，那么这个夫人把她的一群妹妹都带来。这个不但国王是这样想的，你看那个笑星讲民歌，赶着那辆马车，带着你妹妹，全部都要来，所以连老百姓都是那样想的。国王也是那样想的，夫人带了一群妹妹，这些妹妹就是贵妾。

每一个妾的左右还有的就叫贱妾，名叫“媵”。就说这些贵妾，每一个贵妾带了两个丫鬟，这些丫鬟就叫贱妾，也要“进御于君”。而且这些丫鬟是很乐意“能尽其心矣”，因为她们认识到天生命是有贵和贱，这个等级制度是万古永存，有道理的，大家都心甘情愿。

做这个序的人，他就完全没有看到这个原文中间正在说牢骚话的嘛，她说的我们是“寔命不同”“寔命不犹”，就我们的命不好。这个话不是心安理得，是等于我们，就像我们现在的人，小公务员受了气，哎呀，我们这些级别低，是该受气嘛，难道这个是很乐意吗？不是。古代的这个就明明这样的，所以你晓得这些。“毛诗序”这个简直不讲道理，不看原文，看了原文他要扭起说。

什么叫意识形态支配诗歌的典型，典型的，那么这个就是他们这样子讲的。大小毛公这样讲，郑玄按照这个加以笺注，这样说，孔颖达加以疏通，孔颖达就是把我刚才讲的大太太要带好多个妹妹来都是贵妾，贵妾还不是贱妾，贵妾的左右丫鬟才是贱妾。那么我们就按照他这个意思来理解，但是这个一看原文就不是这么一回事。

“嘒彼小星”，这个“嘒”字是口旁，《诗经》中间有这个字，是写的“蝉声嘒嘒”，蝉子叫的声音是一种小的声音。对了，我们知道，我们听到叫得很响那个，那个叫柞蝉，很大的黑蝉子，“嘎嘎”的声音，吵得人烦。还有一种较小的“金蝉”，声音“嘤儿嘤儿”，非常小声的。那么这个“嘒”是形容声音的，放到这里就不通。所以，我刚才讲了齐、鲁、韩三家诗的韩诗那一家，这个“嘒”字就不是这样写的，是另有写法。是日旁，从日，嘒声，“嘒”是声音，是什么意思呢？按照郑玄的注解叫光线很暗。那么马上我们就晓得，这个“嘒”就是这个“晦”，晦暗的意思。“嘒彼小星”，为什么星要加一个“小”？就是我前面说的，和日、月比较起来，所有天空中间的星都叫小星，是很小。那么小了光线就很暗，这个“嘒”就是这个晦，也就是这个晦。小小的星，光线不亮，所以后人根据“毛诗序”来理解这首诗，就说小星是那些贱妾，没有地位的，陪国君的，她们称她们自己为“小星”。所以，从古到今，直到明、清两代，外面又去结了个“小”都叫“小星”。一般在私底下都称某个女人是某人的“小星”，就是他的外室。这个“小星”已经成为一种代称了，就是由于这个序是这样讲，而所有读书人读诗都这样子理解。

“嘒彼小星，三五在东”，古人读的音跟我们今天略有不同，这个“星”跟“东”是同一个韵，“嘒彼小星，三五在东”，押着韵的。这个“三五”是什么意思呢？如果没有郑玄的笺注，我们一定会理解为那些光线很暗的小星，三个、五个都在东边。不是这样的，为什么不是这样呢？因为诗歌的结构很严谨，这两段彼此要照应，因为第二段的这一个位置，一个是参，一个是昴，是天空很有名的两个星宿，那么这“三”跟“五”人们马上就懂了，不是三个、五个，“三”也是一个星宿，“五”也是一个星宿。

“三”的这个星宿是叫“心”，夏天夜晚出现三颗星，三颗是属于东宫苍龙七宿的，龙的星，三颗，所以叫“三星”，专门是一个星宿。

“五”，五味，五味也是一个星宿，这个星座是在春天夜晚天黑以后出现，在今天的天文学上面叫“赫拉克勒斯”星座，其中这五颗星非常明亮，所以“三五在东”。我认为古人很多都没有读懂，因为这个古人有些不懂天文学。懂了天文学就晓得这个星宿跟那个星宿在天空中的距离。

比如“三”这个星宿和五味这一个星宿距离相当远，不可能同时出现在东方，不可能的。是因为春天夜晚天黑了以后，首先出现的是一个“味”星宿，是南方朱鸟那个鸟的嘴巴，“味”是嘴巴，其中有五颗。这个“味”出现在东方的时候，那一个心还远得很，刚刚从地平线升起，哦，那个心还在地平线底下，根本就看不见，那么这个意味着夜晚，春天的夜晚先是看到“五”这一个星宿，五味出现在东方，天黑了以后。然后要到后半夜才看得到这一个三心的这个星宿，升起来出现在东方，中间的差距六小时，至少。就说的“五”这个星宿，五咮出现在东方六小时以后，它都落到西方地平线上了，这个时候“三心”的这一个星座才在东方升起，所以“三五在东”不是说它同时出现，是说这些人在赶夜路，开始走上路的时候，东方一看是五咮星，就是南方朱鸟的那个嘴巴。

至少还要过六个小时以后，“三心”才在东方升起，那么他看见三五在东，先是看见五在东，后是看见三在东，其间至少六个小时，就说他一直在路上走，你看“肃肃宵征”，“宵征”就是赶夜路，这个“肃肃”是郑玄说的形容走路快，那马上我们就知道，所谓这个“肃肃”就是这一个“速”，走得很快，“肃肃宵征”就是赶夜路。“夙夜在公”，白天、夜晚都在公，按照“毛诗序”说的就是国君那里，至少是昼夜赶路都为了要去伺候国君。

这就很奇怪了，这个国君，你既然按照孔颖达的说法有了个夫人，按照孔颖达说的他们的制度，前半夜是夫人陪着国君，后半夜才是夫人的各个妹妹，就是说那些贵妾又来陪，那么既然是这样，说每个贵妾还有媵——丫鬟也要来陪，这个国君这一夜就不要睡了，而且这个非常奇怪，说媵就是贱妾，要这些贱妾赶六小时的路，一小时走八里，六八就是四十八里，每个贱妾底下的是走新都那么远，喊她赶到成都来陪，陪鬼哦，这简直太荒谬了，这几乎不可能啊！

因为这两个星座确实至少隔六个小时，正如这个参跟昴也是不可能同时出现，中间差六个小时，这就是几乎都是通夜都在赶路。这讲不清楚了，而且尤其荒谬的，古人他们拿着就说的“抱衾与裯”，就是这些贱妾不但从新都那儿赶起来，还要自带铺盖，说这个国君都那么邋遢，带来的铺盖上面有没有跳蚤，干不干净，难道夜晚去走哪里检查，万一走几十里远去找一个农家妹子来，一会儿她揣把剪刀戳你一下。所以这些你就知道，这个大小毛公，虽然他们有时候有的序也帮助了我们，但是这个事情简直是头脑之迂腐、可笑，完全不了解实际情况，读书读死了的人就是这样，他们要这样子解释。

那么实际上我们今天来看，这个事情非常简单，这首诗，非常简单。至于说带着铺盖这么走，20世纪50年代初期，我参加工作，下乡去出差，都自己背个铺盖走路，那个时候没有汽车，没有现在这些交通工具，而且也没有招待所，每个县也没有这些招待所，因此必须要自己带着铺盖走。所以这个不觉怪，“抱衾与裯”，这个写的根本就不是通夜的这几个女子在路上走，那么远赶来，路上走安不安全嘛？她的哥哥弟弟还要提着刀来陪着她走来，不然发生治安事件，所以说这个不通。这个就是人家写，那个时候的人出差。

“嘒彼小星”，也是比喻他自己，我们这些级别低，人家白天上班，夜晚人家就下了班，我们夜晚还在出差赶路，出差赶路先是看见赫拉克勒斯星座，其中有五颗星从东方升起，上半夜这是。到下半夜苍龙七宿的心才出现，我们还在走，前半夜走到后半夜，“三五在东”是前半夜走到后半夜，要有天文学常识他才知道，这两个星座的距离，大概在天空有几十度的距离。

背起铺盖卷赶夜路，还走得快，“肃肃宵征”，人家那些女子家也不可能“肃肃”嘛，他也不想一下，她怎么可能走得那么快，一个小时八华里，我在年纪轻时候走得稍微快点，一个小时八华里，六个小时四十八华里，走那么远，走得很快，赶夜路。

“夙夜在公”，这个公不是国君，就是有公务，有公事，白天、夜晚我都奉献给公家了，白天上班做事，夜晚还要赶夜路，赶夜路先是前半夜看到五味星在东方升起，又走到后半夜看到心宿三星从东方升起，说得很苦。

“寔命不同”，这个“寔”就是“是”，我们这样苦，夜晚都还在上班，都还在走，就是命不同，就说人家白天上班，夜晚就休息了，我们白天上了班，夜晚还要去赶路。“夙夜在公”，哎哟，我们的命不同，不像人家，人家是科级，我们连级别都没有，是该夜晚累。这都是发牢骚。

那么显然，你们注意，第一段写的是春季，春天的夜晚，他在路上走，走得很快，前半夜走到后半夜。

第二段“嘒彼小星”，我们不是太阳，不是月亮，没有地位，我们只是一些小点点的星。“维参与昴”，这个“参”就是猎户星座，猎户腰上被认为叫腰带的三颗星，这三颗星连小娃娃都知道。我还很小的时候我的一个妹妹就问我，就说的哥哥，天上有三颗星，就像我们弹胡豆那样的三颗豆，一下就笑起来了。那是“参”，“参”这个是白虎七宿中间的，苍龙七宿是“角、亢、氐、房、心、尾、箕”，白虎七宿是“奎、娄、胃、昴、毕、觜、参”，还有一个是昴宿，昴宿是什么时候出现呢？夜晚，秋天天黑了以后看见昴宿，昴宿又叫昴星团，这是天文学上极有名的，中国古代叫七姊妹。希腊古代的传说，说是特洛伊城陷落以后，七个女子哭，在中国就是七姊妹，所以中国的这个有些星座的名字是西方来的，只是中国人加了一句叫“暗夜可得九星”，古代就说如果天特别暗，你眼睛特别好，能够看到中间有九颗星。这个“昴”是天空看到一团，起初你们以为是云，很小一团，结果它是一个星团，星太远了，模糊一片，形成一团。它那个形状就像台湾岛那个长梭长梭的一团，白雾，一晃眼你会认为是云，那个就是昴星，很有名的在天空，中间能够看到七颗。只是西洋传说，说中间有一个女子眼睛哭瞎了，后来就只看到六颗星，这个要眼睛好，我在年轻的时候只能看见五颗星，当然现在就什么都看不到了。现在不但我眼睛看不到，而且天空污染了，你根本看不到，你休想看，要想看你到渤海上面，北戴河那儿去，那一带都还没有污染，夜晚都还能够看见，“昴星团”是秋天夜晚出现。

你看第一段写的是春天，是春季，春季前半夜到后半夜，第二段是秋季，先是看到昴星团，又过了六个小时看到参，参就是Orion猎户座升起来，也是六个小时，起码。所以这首诗的这个，你懂了天文学以后你知道它结构严密，绝不是随便把两颗星拿来凑起的，从昴宿出来到参宿出来起码六小时，正如五味出来到三心出来至少六小时，这就是说还是在通夜地走。“肃肃宵征，抱衾与裯”，哎呀，这一句的解释就是非常麻烦，因为这一句也把古人考到了。为什么像大小毛公他们会要这样子解释，就是说是带起铺盖，你注意，衾和裯是两种不同的铺盖，衾是天气冷了以后的厚铺盖，裯就是北方说的被裯，又叫衹裯，就是我们今天用的毛巾被，夏天用的。

意思说带着行李上路，一年四季都是这样，夏天就带着这个裯上路，天气冷了就带着衾。这个衾他们现在只解释为床上用品，这简直，这个下定义就下得不准确，衾就是铺盖，衾为什么是铺盖？衾字的上面是一个“今”，今字本人的考证是捕兽夹，捕那个野兽用的夹子，夹子就叫这个今。是因为铺盖把我们裹起来，就像那个钳，那个兽夹，捕兽的夹把兽夹到那里面，铺盖子裹起，所以就叫衾，衾就是擒住了，把你抓到了。

而裯，裯是很单薄的，夏天盖的。它为什么用了衾又用裯？就一年四季都在赶夜路，所以它中间概括得非常宽。寔命不犹，这个犹就是如，我们说犹如，犹如，我们的命很苦不如人，寔命不如。它的这个韵是怎样押的呢？“嘒彼小星，维参与昴，肃肃宵征，抱衾与裯，寔命不犹”，押到韵的，“犹”的音要读“yao”，“嘒彼小星，三五在东，肃肃宵征，夙夜在公，寔命不同”。这种结构就相当于我们今天开玩笑写的叫吊脚诗，好像缺了一句，在后面吊着的。

“寔命不同”，如果拿来唱的话，你可以想象谱起曲，前面这四句唱，唱到最后这一句就好像是帮腔的唱戏，帮腔的那个在那儿吼一句这个，在这儿配合起的。

这样简单一首诗，为什么他会要这样子解释，就是因为这个大小毛公读书读得迂了，他以为那些贱妾是要自己带着铺盖，他就觉得这个可能就是去陪君王睡的自带铺盖，真是荒谬。

那么这两段它有什么不同呢？这一段的怨言是说的，我们白天夜晚都在为人民服务，夜晚都在路上走，我们的命不同。而这个为什么要带着铺盖卷呢？原来如果我是官员的话，我就夜晚出差都用不着背铺盖卷了，是因为有招待所。那么古代没有这些县委招待所、区委招待所，但是有驿站。驿站要管我的住，管我的伙食，所以我如果是科长级以上我就用不着带着铺盖，夏天不带毛巾被，冬天不带丝绵被，那儿有驿站。但是我们不是，我们命运不如人家，所以我们就只好带着铺盖上路。

古代的读书人，特别到了汉代，经过了秦以后，把脑筋整坏了，弄不清楚了，他就往这个上面扯。何况过去撰这个《诗经》是讲究门户，哪个老师把你带出来的，你必须死死地守着他那个说法，老师的老师的老师他们都是这样说的，因此你明之其不对，也要服从他那个说法。

那么实际上就是这样简单的一首诗，到今天，不晓得过了三千年了，我们都还能够懂，还能沟通，为什么？我怀疑它这个不是周朝的，是商朝那个时候的，就是只有这两个季节，你看嘛，前面春，后面秋，商朝就是没有夏跟冬。甲骨文里面有夏至，这个字“夏”，但是不是个季节，夏是画的一个人，就是中国之人也，就是中原人都叫夏。也有“冬”这个字，但不是冬季，是表示一个事情完了，叫终，意思跟今天的始终那个“终”一个意思。

这里就这两个季节，春和秋，秋就包括了冬，春就包括了夏，所以很可能像这一类，因为古代的各种劳役、差役，老百姓非常苦，跟你安排了你就马上要去做，你以为夜晚不出去做。杜甫写得好清楚，那个《石壕吏》：夜晚来拉农民去守那个黄河边，家中的男丁都去打仗去了，全都战死了，只剩个老头，说老头都要抓起去，抓到前线去搞运输这些，老头也跑了。“老翁逾墙走，老妇出门看”，老太婆，最后老太婆说的：哎呀，我就去嘛，现在我就跟着你走嘛。“急应河阳役，犹得备晨炊”，现在我马上跟着队伍出发，到河阳那里，黄河南岸，哦，黄河北岸，我还能够去给你们士兵煮些早饭还来得及。意思就是几十里路，走到那儿天刚刚亮，我就去给你们煮早饭。所以直到唐代都有这些，老百姓做不完的这些差役，那么在古代想来也有，所以这样的诗是非常老了，非常老了。

这样的诗还告诉了我们一点，是我们今人所不知道的。你看，一个下层的老百姓懂天文，认识三心五咮，认识参宿昴宿，而且根据星宿在空间的移动可以算出时间。那个时候没有计时的工具，老百姓就靠夜晚看这个天空，看星宿，那个时候的这些天文（知识）根本就是常识，而我们今天，你还不说老百姓，连知识分子都不知道三心跟五咮，都不知道参宿昴宿，但这是由于时代变化了，有了灯光，有了钟表，有了城市，我们进了城市以后，也就用不着再去看天空了。特别你们有手机的，随时都能够给你们报告时间，就不知道古人的生存方式。因此我们可以想象，这一个出差的老百姓背起铺盖卷夜晚出门，出门第一件事就往东方看，现在是哪一个星宿升起了他就晓得时间，走了好多小时以后，几十里后又看到另外一个星宿升起了，他就可以知道了时间。他们的生活方式都在诗歌里可以看见。

依据这个诗歌，我们可以还原回到当时的现场。这首诗中间这个“抱衾与裯”，闻一多先生在解释这首诗时当然不同意“毛诗序”的说法，那么他怎样解释这个？闻一多解释这个“抱”就是抛，就是抛弃了，“抱衾与裯”是我们抛弃了铺盖，所谓抛弃就是我们离开了家，离开了床铺，没有去睡，就抛弃了铺盖。闻一多先生还引唐诗叫“无端嫁得金龟婿，辜负香衾事早朝”，是说当官的也很苦，对不起铺盖，铺盖人家还是香的，结果都不能睡，天没有亮都要去，要去赶那个早朝。那么他把“抱”就解释成“抛”，但是这个非常困难，因为在古代典籍中间找不到这个。

那么上一次我在讲《氓》那首诗，我就根据闻一多先生讲的这个“抱”字，不是讲“氓之蚩蚩，抱布贸丝”，把它解释成抛，我当时的解释说这个瓜兮兮的商贩，这个氓，“抱布贸丝”，布是布币、铜币，他把铜币拿出来，给那些乡村女子看，抛一抛。后来我觉得这个不对，为什么不对呢？因为男女授受不亲，你不可能把一块硬币抛起去，那头那个女子就接到，那样的不行，只能够放到那儿的，那么就显然不是抛。另外你既然都说他氓之痴痴，都瓜兮兮的，怎么会吊儿郎当地把钱拿来抛呢？显然我那个说法就必须要纠正，但是我也认为那个字和闻一多先生讲这个“抱”字，太想当然了，因为那个抛有这个字，就在这首诗的前一首，叫《摽有梅》，就有这个抛。

那么如果这个抱也要讲成抛，为什么整理诗歌的时候它不直接把抱字换成是抛呢？所以说那一种说法也不合适。我后来想了一阵，这个抱确实是携带的意思。因为这个抱，固然这样子就叫抱，他是把一个东西携带到身上，可能古人的动词运用上没有那么严格，也可以叫“抱衾与裯”，携带着棉被跟毛巾被。

那么这个“抱”字就是要这样讲，而不是说抛弃，因为你如果这样子讲解，实在生硬，就说的我们匆匆忙忙赶夜路，抛弃了家中的棉被和凉被。总还是讲不通，因为你既然离开了家，当然你就没有这个，那你何必这样说呢？你不如我们抛开了床都没有去睡，还在路上走，这样说来就好像又重复了，既然在路上走，就是没有去睡嘛。

所以我在想还是要这样子讲，就带着，是因为他这个小公务员级别不够，不能够住那些招待所，不能够住驿站，确实要自己带着铺盖卷，那么这个也没有什么奇怪。因为20世纪50年代我们当小编辑、小记者出差的时候，也是背个铺盖卷走的，所以觉得这样子讲它才通。

因为这个抱字，你实在找不到其他的可以把它解释成为抛的意思，因为这个老子的书中间写的，这个人是抱阳而负阴，负是背着的，阴在背后，抱在前面，但是仍然有点不好讲的是，它不可能，人走路怎么会把铺盖抱着走，这个也是说不过去的，是因为这个人就太瓜了，连这点常识都不晓得，抱着一个东西走是非常重的，还不要说是一个铺盖，我喊你提着一根灯草走，你都走不到好远你就累了，你就必须要手这样提着走。为什么你不把铺盖拿来背到背上，或者顶到头上嘛。所以也有一些不好讲，那么除非把“抱”这个动词意义拿来扩大，扩大为携带，相当于英文的“carry”，这样子或者勉强还混得过。

那么今天我要讲的这一首诗，实际上各位也看得出来，就是我们了解这个“诗经学”中间的，古代的儒家，汉代的经师，最有学问的，他们的各种成见。这种成见我们一定要知道，我们今天看来很可笑了，但是我们要知道这个才是真实的，所以实际上这首诗本身并不深，本身是非常浅。

“嘒彼小星，三五在东，肃肃宵征，夙夜在公，寔命不同。嘒彼小星，维参与昴，肃肃宵征，抱衾与裯，寔命不犹（yao）”，犹就是如，犹如，犹如，命不如人。

各位朋友，这一讲我就讲完了，谢谢大家配合。

做好书